EL DUENDE VERDE

ANAYA

Juan Ignacio Luca de Tena, 15. 28027 Madrid

1.ª edición, marzo 2002
2.ª impresión, julio 2005

Diseño: Taller Universo

ISBN: 84-667-1565-7
Depósito legal: M. 32.877/2005

Impreso en ORYMU, S. A.
Calle Ruiz de Alda, 1
Polígono de la Estación
Pinto (Madrid)
Impreso en España - Printed in Spain

EL DUENDE VERDE

Fernando Martínez Laínez

RECORDADA SOMBRA

Ilustración: Nivio López Vigil

QUERIDO LECTOR

Algunos diccionarios definen a los fantasmas como visiones quiméricas, semejantes a las que aparecen en los sueños. Pero los fantasmas son, sobre todo, seres incorpóreos que perviven en las leyendas y los cuentos populares a través de los siglos, sin que nadie pueda borrarlos de la memoria colectiva, pese a que algunos lo han intentado. Hay quien dice que la mejor forma de acabar con los fantasmas es escribir sobre ellos, lo cual resulta muy dudoso porque los fantasmas, aunque desaparecen en ocasiones, siempre reaparecen en otro lado, ya que su destino es perdurar y moverse por el espacio para no aburrirse eternamente.

Lo que sí resulta difícil es verlos, y mucho más entablar amistad con ellos, como le sucede a la heroína de este libro. Cuando eso se consigue, supone algo así como disponer de un fantasma particular con el que poder hablar y dialogar en privado y en exclusiva, un auténtico lujo.

Todas las culturas que existen en el mundo tienen sus fantasmas, los cuales, como ocurre en la vida real, unas veces son seres buenos y otras malos, pero todos ellos asustan bastante a los humanos vivos. ¿De dónde le viene al hombre ese afán por ver fantasmas? Es una buena pregunta para la que no existen soluciones sencillas, y está muy ligada a los miedos que mucha gente siente por el más allá, por las experiencias desconocidas y los fenómenos paranormales, por esa otra vida, en suma, que prolonga la existencia en esta tierra.

A los fantasmas alejados del mundanal ruido –que son casi todos– les gusta mucho habitar en casas libres de inquilinos, o también en desvanes, buhardillas y escaleras de caracol, aunque tampoco hacen ascos a las ruinas antiguas, los torreones, las cuevas, los sótanos y los bosques espesos. Dicen que el país preferido por los fantasmas es Gran Bretaña, donde moran en muchos caseríos y castillos envueltos por la bruma. Los británicos cuidan mucho a sus fantasmas, y hasta los tienen muy estudiados y catalogados. De hecho, en los páramos de Inglaterra y Escocia no hay mansión señorial que se precie que no tenga su fantasma en pertenencia, como si se tratara de una señal de alcurnia que, además, revaloriza la propiedad, ya que hay muchos nuevos ricos (especialmente los norteamericanos) que cuando compran una de esas grandes residencias la quieren con espectro fantasmal incluido. Es posible, sin embargo, que la fama británica por almacenar fantasmas en demasía no sea sino una ilusión producto del mal clima, húmedo y neblinoso, de esas islas, que induce a ver duendes y apariciones en abundancia, ya que, como digo, haber fantasmas «haylos» en cualquier sitio y época.

Una de las pocas cosas seguras sobre los fantasmas es que nunca estamos completamente seguros de haberlos visto, ya que siempre nos quedará la duda de si lo que parece una visión no será un engaño de los sentidos. Éste es un inconveniente con el que siempre hay que contar, y quita mucha credibilidad a las historias fantasmales, sobre todo cuando las cuentan otros.

Los fantasmas también han rodado mucho por la imaginación de los escritores, y la historia de la literatura está llena de idas y venidas de estos seres impalpables. El relato *Recordada sombra* que aquí refiero es un ejemplo de lo que digo. Que lo leáis y lo disfrutéis, aunque sigáis sin creer en los fantasmas.

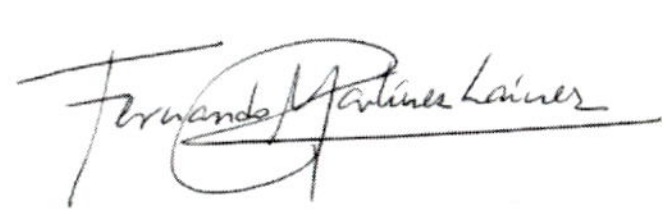

Haz de tu vida un sueño,
y de tu sueño una realidad.
Antoine DE SAINT-EXUPÉRY

UNO

IMAGINO que todos vosotros habéis visto fantasmas, aunque no siempre lo hayáis notado. Los fantasmas viven con nosotros y nos acompañan, pero se mueven y actúan de forma invisible. De lo contrario no podríamos asegurar que fueran realmente fantasmas.

Mis muchos años hacen que ahora pueda decirlo sin rodeos: yo tuve tratos con un fantasma hace mucho tiempo, tanto que ya me cuesta recordarlo, aunque desearía volver a verlo. El fantasma, mi fantasma, desapareció de mi vida y ya no he vuelto a saber de él. Era mi amigo, pero puede que me haya olvidado y vague ahora, penando con sus semejantes, en otras esferas del mundo o del espacio a las que los humanos no tenemos acceso. O puede, simplemente, que se haya enfadado conmigo por algo que yo hice o dije y no le gustó, y por eso ha dejado de hablarme y aparecerse. Los fantasmas —puedo decirlo con conocimiento de causa— son muy susceptibles, tienen una sensibilidad a flor de piel, o mejor diríamos a flor de espíritu, y se molestan por cosas a las que aquí en la tierra damos poca importancia. El más allá les hace ser quisquillosos en extremo, lo cual es disculpable por la tremenda soledad que padecen, que les agria el carácter y les hace estar casi siempre resentidos y a vueltas con sus recuerdos.

Sé que hay gente que no cree en los fantasmas y que por tanto dará poco crédito a mi historia. Allá ellos si relatos como éste les hacen reír, aunque en sus risas yo detecto una cierta inquietud, como si no estuvieran completamente seguros de su propia incredulidad. O como si con las carcajadas intentasen borrar el temor y la inquietud que para ellos supondría aceptar esta historia como verdadera. Deduzco que, simplemente, se avergüenzan no ya de creer en los fantasmas, sino de admitir siquiera la posibilidad de su existencia. Una actitud bastante acientífica, diría yo, puesto que la mente de los auténticos sabios siempre ha estado abierta a cualquier incógnita, por extraña que parezca, con las antenas del entendimiento perpetuamente dirigidas hacia lo desconocido. Pero, en fin, doña Razón es una dama muy severa, con mucho miedo al ridículo, que inspira harto temor a casi todo el mundo, a pesar de que la pobre no pueda explicar lo inexplicable.

Es consolador saber —como antídoto contra las ilustres meteduras de pata— que a finales del siglo XVIII un astrónomo francés de gran renombre, Levoissier, decretó que resultaba imposible la caída de objetos sólidos a la Tierra desde el espacio exterior, y por eso, en pocos años, muchos museos de Europa se deshicieron de sus meteoritos, arrojándolos a la basura. Una pérdida científica irreparable. Algo así ocurrirá algún día con los fantasmas, o eso espero, porque si no será bastante evidente que no soy más que una pobre chiflada, más loca que una cabra, que fantaseaba de haber sido amiga de un espíritu que un día la abandonó.

Lo he dicho ya cien veces, pero ahora quiero dejarlo escrito. Todo empezó en aquella Semana Santa de final de siglo, cuando mi padre, Roberto Monleón, periodista especializado en viajes y turismo, colaborador de revistas dedicadas a esos temas, fue invitado a participar en una convención de la Cofradía de Amigos del Cordero y la Trucha, pomposo nombre donde los haya, pero así figuraba en los periódicos. La mencionada asociación era también conocida por sus siglas, CACT, una palabreja de pronunciación difícil, incluso tomando carrerilla con la garganta: «caa-ct», pero en una época de multinacionales, empresas gigantes y organismos inflados, ningún gremio que se preciara podía dejar de incluir algunas de estas siglas que aparentan importancia y son como un atajo para entenderse mejor, aunque a veces los pedantes las utilicen sin saber muy bien lo que significan.

Pero no quisiera irme por las ramas. Primero creo que debo presentarme. Me llamo Carmela y soy hija de Roberto Monleón, como ya he dicho, y de Luisa Alonso, administrativa de profesión. En la época en que empezó esta historia, yo tenía trece años, y mis padres llevaban uno divorciados. No sé muy bien lo que les empujó a hacerlo, y tampoco he querido hurgar mucho en la herida, ya que a veces es preferible olvidar lo que no tiene remedio. Supongo que no se entendían bien, como suele ocurrir con muchas parejas, y el caso fue que tras un doloroso proceso de recriminaciones mutuas, abogados y papeleos, de buenas a primeras me vi obligada a vivir con mi madre, aunque veía a mi padre muchos fines de semana y algún que otro día festivo. Por fortuna, mi nuevo estado no fue demasiado catastrófico —o eso pienso ahora— y pronto pude acomodarme a la nueva situación.

Desde siempre, además, fui una niña de mente inquieta y soñadora, capaz de ensimismarse y pasar el rato sola estudiando, leyendo, escuchando música o jugando con el ordenador. La verdad es que en aquella época no tenía muchas amigas, aunque eso no quiera decir que fuese huraña. Sabía ser alegre, llegado el momento, y mantenía relaciones normales con chicas y chicos de mi edad, pero también me gustaba disponer de tiempo propio para emplearlo tranquilamente en mis aficiones. Éste era mi carácter, y no creo que haya cambiado mucho en lo sustancial con el paso de los años.

En cuanto a mi apariencia, ahora soy una anciana con el cuerpo débil y arrugado y el pelo blanco, pero en aquel tiempo era una adolescente de rostro pálido y algo pecoso, rubia, con la piel tersa que dan los años jóvenes y la nariz levemente respingona. Mis movimientos eran desgarbados y algo lánguidos, como correspondía a la edad, y llevaba el pelo largo, recogido en cola de caballo.

Todavía imagino la cara de desconcierto de mi progenitor cuando aquel sábado, víspera de Domingo de Ramos, le informé por teléfono de que estaba sola en casa y se me había ido a pique el

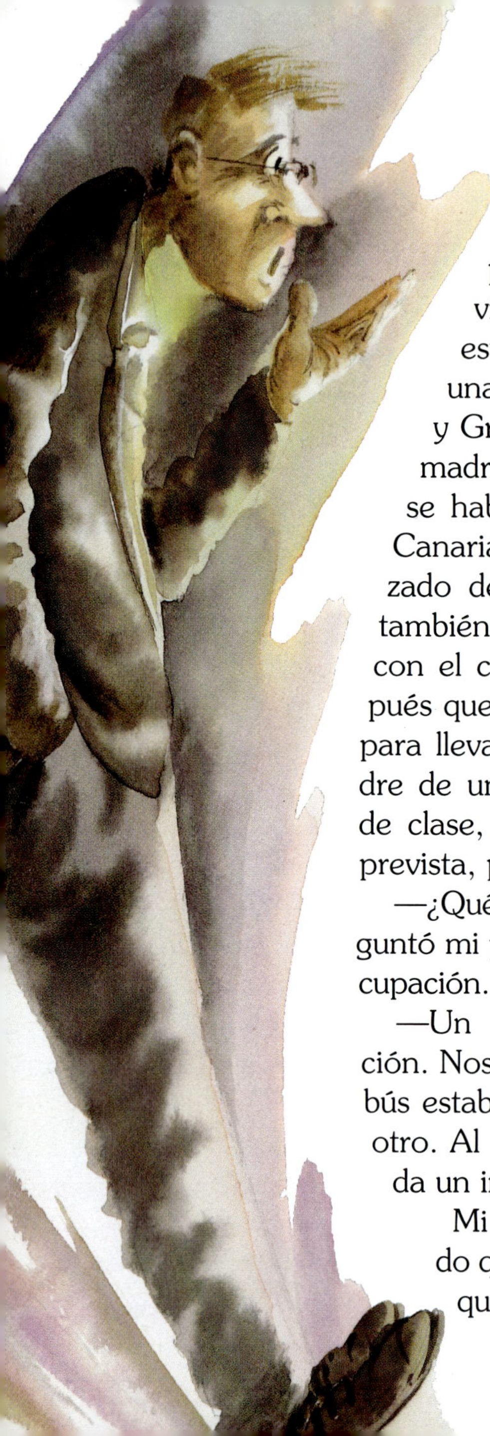

plan de vacaciones previsto. Él suponía que yo estaba con el colegio, en una excursión por Sevilla y Granada. En cuanto a mi madre, esa misma mañana se había largado en avión a Canarias, en un viaje organizado de siete días, pensando también que yo saldría de viaje con el colegio unas horas después que ella. Debía recogerme para llevarme al autobús la madre de una de mis compañeras de clase, que lo hizo a la hora prevista, pero...

—¿Qué ha pasado? —me preguntó mi padre, con voz de preocupación.

—Un desastre de organización. Nos han dicho que el autobús estaba averiado y no tenían otro. Al director del cole casi le da un infarto.

Mi padre soltó un resoplido que podía significar cualquier cosa.

—Además, también nos han dicho que en el hotel de Sevilla ya no quedaban plazas.

—Pero, ¿no teníais reserva?

—Dijeron que había *overbooking*. ¿Eso qué es?

—Quiere decir que os han timado. Que han vendido más plazas de las que tienen. Que son una pandilla de…

—No lo digas. Me has prometido no decir tacos a cambio de…

—Vale, vale. ¿Has llamado a tu madre?

—Debe de estar en pleno vuelo. No llegaba al hotel hasta las cinco de la tarde.

Mi padre caviló un momento y luego dijo:

—Voy a recogerte. Ya pensaremos algo.

Una hora y media después, almorzando hamburguesas con patatas fritas y aros de cebo-

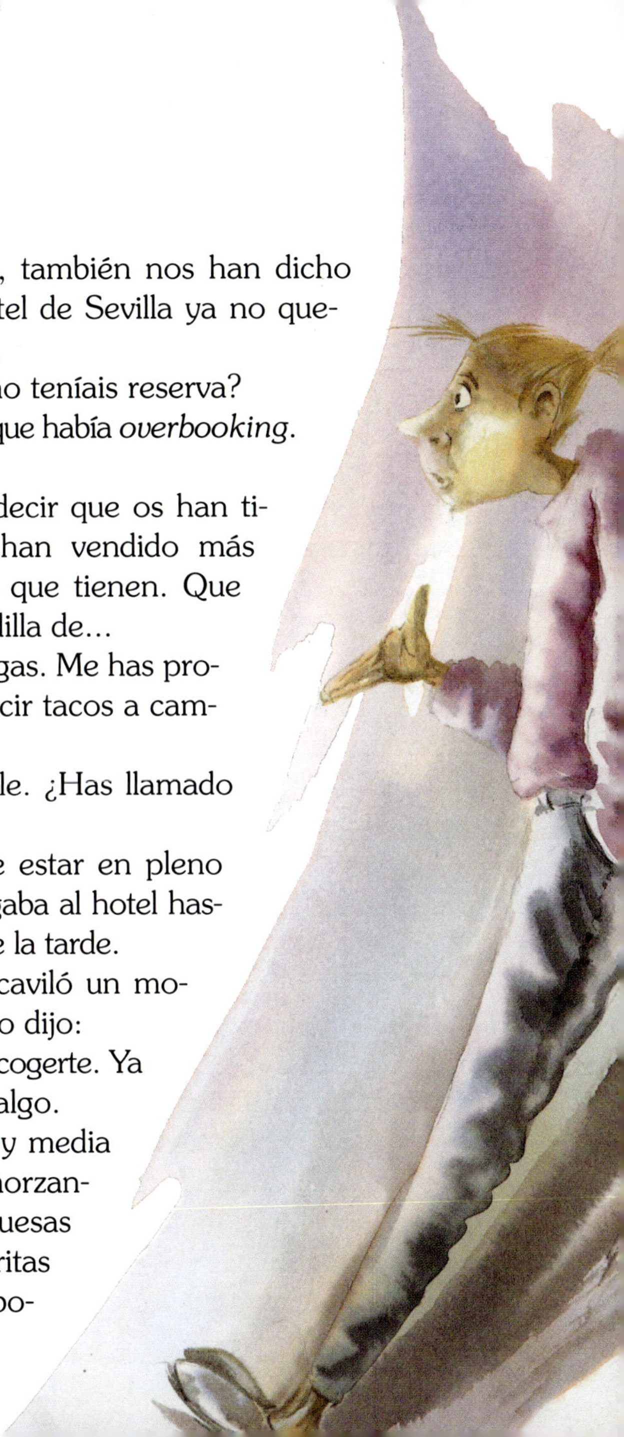

lla, estudiamos la situación. Mi madre estaba *missing* por el momento, y mi padre tenía que salir esa misma tarde para el monasterio de Valderroble, a iniciar solemnemente, con una gran cena-cuchipanda, la reunión de la Cofradía de Amigos del Cordero y la Trucha. El viaje —yo lo sabía— le hacía mucha ilusión, y esperaba sacar de él un buen reportaje para colocárselo a una revista del ramo. Pero el imprevisto de mi frustrada excursión lo complicaba todo. ¿Qué demonios iba a hacer una chiquilla entre sesudos adultos dedicados a holgazanear y ponerse tibios de comer durante unos días en un enclaustrado retiro? Mi presencia allí sería tan inoportuna como la de una avispa enloquecida en un recital de ópera.

—Déjalo, papá. Puedo arreglarme sola unos días o irme a casa de la tía Cristina hasta que volváis.

—De eso nada. Además, creo que la tía Cristina también se ha ido a casa de la prima Ofelia en Santander. Va a empezar la Semana Santa y esto parece una estampida.

Él tenía razón. Después del triste invierno, con la llegada de la primavera, las vacaciones de Semana Santa son como el trompetazo de salida que inicia una gran fuga ciudadana hacia los cuatro puntos cardinales. La gente cierra casas, carga enseres y emprende la huida por tierra, mar y aire, olvidándose a veces hasta de los ancianos y los perros, como si estuviera escapando de un terremoto anunciado. Madrid se quedaba semivacío, lo que también constituía una suerte para muchos de los que decidían no dejarse arrastrar por el éxodo, y podían pasear o moverse a sus anchas, sin agobios, por cualquier sitio de los que habitualmente están llenos.

Ya en casa, hicimos tiempo antes de llamar al hotel donde estaba mi madre. Se llevó un sobresalto al oírme, y más cuando le expliqué que me había quedado sin viaje y estaba en casa de mi progenitor.

—Pásame con tu padre.

La pasé. Se saludaron brevemente y luego empezaron a discutir, como casi siempre. Yo seguí escuchando la conversación desde otra extensión.

—¿No te la puedes llevar contigo a ese monasterio?

—El problema no es el monasterio, querida. Puede dormir en mi habitación. El problema es qué va a hacer allí todo el tiempo, mientras nos reunimos a debatir las cuestiones...

—Valientes cuestiones. Atracarse de comilonas querrás decir. Y a saber qué más. Menuda panda tú y tus colegas del cordero y la trucha. ¡Ah! Y no me llames querida. Es una palabra que me da dentera.

—Tampoco creo que tú hayas ido a hacer ejercicios espirituales a Tenerife —se defendió mi padre.

—¿Qué insinúas? He venido con dos amigas. Además, ¿a ti qué te importa?

Preocupada, vi cernirse el debate por el reparto de mi humilde persona. Pero, por suerte, los truenos no llegaron a tormenta. Mi padre adoptó una actitud conciliadora y yo le quise un poco más por eso.

—Bueno, comprendo que para ti es una faena tener que volver ahora desde tan lejos. Yo me haré cargo de la niña. Se vendrá conmigo al monasterio.

Colgaron y se despidieron civilizadamente, pero antes mi madre me dio los últimos consejos.

—Pórtate bien y síguele la corriente a tu padre en todo. Ya sabes que es muy cabezón. Llévate libros y un radiocasete por si te aburres. Ay, hija, qué pena que no estés conmigo. Si lo llego a saber...

De manera que todo quedó decidido. Mi madre en Tenerife y yo al monasterio, a indagar en la palpitante cuestión de la ingesta del cordero y la trucha.

«Me voy a aburrir más que un pez en una lata», pensé, mientras mi padre preparaba los bártulos para el viaje.

Dos

EL monasterio en cuestión estaba situado en un monte escarpado, cerca del pequeño pueblo de Valderrobre, en tierras de Gredos, a unas dos horas y media en coche desde Madrid. La edificación guardaba un aura medieval que me impresionó, y más aún teniendo en cuenta la soledad agreste del paisaje que la rodeaba. Montañas de roca descarnada y parameras de vegetación rala, aunque cerca corría un río, que fluía desde la cima de un monte donde crecían los pinos hasta configurar un espeso bosque.

Anexa al monasterio se encontraba la hospedería, con cuyos beneficios se mantenía la comunidad conventual, y en cuya fachada, sobre el portalón de entrada, campeaba la admonición de la regla de san Benito, quizás algo exagerada para los tiempos que corren: «Trátese al huésped como al mismo Cristo». La escasa comunidad religiosa que habitaba el monasterio —me explicó mi padre— no podía hacerse cargo del trabajo de gestión y mantenimiento que suponía un hostal como ése, abierto todo el año. La solución había sido arrendar el hospedaje a una empresa hotelera, lo cual aportaba dinero suficiente para que los monjes pudiesen llevar, sin otras preocupaciones, la vida contemplativa y de oración que deseaban.

También supe que el monasterio había tenido en el siglo XIII un *scriptorium* (o sea, el sitio donde se copiaban los manuscritos) muy importante, que produjo códices admirables, auténticas obras de arte salidas de la pluma de los maestros copistas, que se vendían a magnates y reyes. También me dijo mi enterado progenitor que el cenobio albergaba una importante obra de pintores retablistas, orfebres y escultores, algunos de los cuales habían elegido sepultura entre los venerables y espesos muros monásticos.

En la puerta del hostal nos estaban esperando los compañeros de mi padre, casi todos con sus respectivas esposas. Como éramos los últimos, nos acogieron con una gran ovación, y yo, no sé por qué, en seguida fui el blanco de todas las miradas y bromas de aquella panda de gente madura decidida a sentar cátedra gastronómica a costa de los peces de río y la sufrida cabaña ovina. Comer bien y con alegría es un buen síntoma de salud —o eso dicen— y, según eso, aquel grupo parecía estar tan sano como una manzana roja y brillante recién cogida.

Entre palmoteos, frases amistosas y jolgorios llegamos a la recepción, y allí un empleado delgado, con una nuez que le bailaba en la garganta, tan grande como un melocotón, nos dio una habitación con dos camas en la planta segunda y nos deseó una muy feliz estancia en el magno acontecimiento gastronómico-cultural-periodístico, larga adjetivación sincopada que apareció en la primera página de uno de los dos diarios de la provincia. El tipo aquel se llamaba Urbano y parecía mirar a todo el mundo con expresión distante y un algo altanera. No parecía un sujeto de fiar.

Tras asearnos un poco y deshacer las maletas, tuve el gran honor de bajar la escalera del hotel del brazo de mi padre y entrar de la misma guisa en el gran salón comedor donde se celebraba la cena.

Como estaba previsto, en cuanto nos sentamos empezamos a comer a lo grande. Sentado a mi lado, mientras engullíamos una gran fuente de entremeses (chorizo, morcilla, pimientos del piquillo, espárragos, jamón pata negra, salmón ahumado y otras exquisiteces), mi padre tuvo que dar y recibir saludos a diestro y siniestro. Todo el mundo parecía conocerle, y él parecía conocer a todos, así es que no paraba de dar manos y palmotear espaldas. Yo, más afortunada, sólo era objeto de algún cachetín o comentario amistoso por parte de los amigotes y amigotas que nos rodeaban, y como desde jovencita he tenido buen diente, gracias a Dios, aunque nunca me he puesto como una ballena (debe ser cosa del metabolismo), me dediqué a dar buena cuenta del entrante. Me arrepentí, porque a continuación sirvieron la trucha (o mejor las truchas), con una salsa de rechupete, y después llegó el rey de la fiesta, o sea, el cordero al horno, dorado y crujiente. Con patatas y alioli. Una delicia.

A los postres, un tal Segismundo, que era el presidente de aquella romería de periodistas y escritores tragones, nos lanzó el temible discurso ritual. A tantos años de distancia no me acuerdo mucho, pero sí lo suficiente como para poder decir que se trataba de algo relacionado con la paz de los idílicos contornos. Ni que decir tiene que fue muy aplaudido, y por unos momentos los bravos y vítores atronaron el comedor. Luego, tras los postres y el café, una orquestina atacó las notas del *Doctor Yivago,* y a continuación vinieron los pasodobles, intercalados de valses y tangos. Pero yo estaba cansada y empezó a aburrirme pronto aquel barullo. Aprovechando el final de una pieza, cuando mi padre regresó a la mesa, se lo dije.

—Creo que subiré a dormir a la habitación. Estoy molida. Tú quédate hasta cuando quieras.

—Está bien. Subiré en seguida. Procuraré no despertarte.

Mi padre me dio un beso y nos despedimos. En la recepción, mientras el del melocotón en la garganta me daba la llave, no pude dejar de oír una extraña conversación. Sentados en dos butacas cercanas había un cura con sotana y alzacuello (luego sabría que se trataba del párroco del pueblo) y un individuo ya mayor, con el pelo cano, bigote recortado a cepillo y gafas de montura metálica.

—Esta gente es terrible. Llevan así varios siglos —decía el párroco—, y no hay manera de cambiarlos. Se han empeñado en que haya brujas en la dichosa cueva y al final terminará habiéndolas —esto último lo dijo riéndose, como si fuera un chiste.

—Cierto. La superstición es un gran veneno para el que la medicina no dispone de muchos remedios —sentenció el de las gafas.

—Y el caso es que son buena gente, pero en lo tocante a las supercherías populares, las que han heredado de sus tatarabuelos, son como adoquines. No hay quien les haga torcer la opinión. Conservan amuletos de generación en generación, siguen colocando la cruz aspada de san Andrés sobre los quicios de las puertas, y pintan éstas de colores claros, blancos o azules para protegerse del mal de ojo. Luego está toda esa leyenda del fuego que cayó del cielo. Tremendo.

—Es verdad. Aunque hay que decir en su descargo que quizás algo debió de ocurrir hace tiempo... Un fenómeno astral o algo parecido, perfectamente explicable con supuestos científicos, desde luego.

No pude escuchar más, so pena de dejar a las claras mi impertinente curiosidad, de manera que di las buenas noches en recepción y subí andando hasta el primer piso, donde estaba la habitación. Iba rendida, y después de lavarme los dientes y ponerme el pijama, caí en la cama hecha un tronco... Dormí, pero no por mucho tiempo.

Un ruido, parecido al crujido de una puerta, me despertó. Miré el reloj. No había transcurrido ni media hora desde que me había metido en la cama, pero tuve la sensación de que había pasado bastante tiempo. Tanto, que me encontraba totalmente despejada y falta de sueño, como si hubiese dormido muchas horas.

Entonces, una puerta (no sé cuál porque la de la habitación estaba cerrada) volvió a crujir, y percibí fugazmente una sombra blanca, como un jirón de niebla, cruzando el exterior de la ventana. Mi corazón saltó como un muelle, el pulso se me aceleró y sentí erizarse el vello de mi cuerpo. Tuve que hacer un gran esfuerzo para vencer el pánico y no gritar. Al principio pensé que debía estar soñando, pero comprobé que todo lo que había a mi alrededor era real. La cama, las sillas, la mesa, la ropa, las maletas, las lámparas y el teléfono sobre la mesilla de noche. Todo estaba allí, al alcance de la mano, palpable y sólido.

Encendí la luz y luego, poco a poco, con el corazón temblando como una campanilla, me atreví a mirar por la ventana. Aparentemente, no ocurría nada extraño y no divisé ni rastro de la sombra blanca. La noche parecía espléndida, serena y sin una nube. Eso me animó a abrir un poco el cristal y aspirar el perfume fresco, húmedo y salutífero de los campos próximos. A lo lejos, un conjunto de puntos blancos luminosos indicaban el asentamiento del pueblo de Valderrobre, y mucho más cerca, a unos doscientos metros del monasterio, se levantaba una torre de piedra desmochada y semiderruida, resto, deduje, de alguna edificación antigua desmoronada por el paso de los siglos. Así estuve un buen rato, contemplando el nocturno panorama, hasta que algo en mi interior, unido a la inquietud y falta de sueño, me impulsó a salir de la habitación y dar un paseo por los alrededores de la torre. Aún hoy no sé lo que me motivó a hacerlo, pero recuerdo que se trataba de una fuerza poderosa que parecía empeñada en llevarme hasta aquella edificación ruinosa, cuya silueta se alzaba como un oscuro y amenazador monolito en la noche. Me sentía a la vez atraída por la torre, la oscuridad y la visión huidiza de la sombra blanca. Fascinada por un remolino que tiraba de mi voluntad como un marea irresistible.

Pensado y hecho. Me embutí unos vaqueros, me puse una cazadora, salí de la habitación y volví a bajar la escalera. En el vestíbulo, en ese mo-

mento, no había nadie, y por un pasillo oscuro, flanqueado de puertas de habitaciones, llegué al claustro. Dos o tres veces volví la cabeza creyendo oír pasos a mis espaldas, pero los ruidos debieron de ser producto del miedo. Un miedo menos poderoso que la curiosidad de seguir adelante, aunque esto pueda resultar difícil de entender para aquellos que nunca han sentido el menor deseo de arriesgarse en una aventura.

El claustro era un patio cuadrangular espacioso, con cipreses en las esquinas y rodeado de una galería de arcadas góticas. En el centro había una fuente de la que manaba un rumoroso surtidor de agua de efecto relajante.

Pasé unos minutos quieta, impresionada por el suave sonido del agua y la tranquilidad del lugar, y luego reanudé mi camino.

Enfilé un estrecho corredor abovedado que salía de uno de los rincones del claustro y pronto me vi al aire libre, a escasa distancia de la solitaria torre cuya llamada se hacía cada vez más irresistible.

No sentía realmente miedo, pero sí una especie de sentimiento ominoso y confuso. El desasosiego que precede a la sorpresa. Una confusa mezcla de inquietud y sobrecogimiento.

Caminé a través de una pradera salpicada de frutales en la que se levantaba un crucero de piedra rojiza. Me acerqué al crucero y casi muero del susto.

Un pequeño animal de cuatro patas surgió de improviso correteando y me rozó los pies. Era un perro juguetón, pequeño, lanudo y con ganas de retozar, que interrumpía sus correteos de repente para revolcarse a placer por la hierba. Sin duda, pensé, el perro pertenece al monasterio y lo dejan suelto a sus anchas por la noche.

El can era cariñoso y espabilado. Cuando le llamé acudió confiado a pegarse a mis piernas y lamerme las manos. Se dejó acariciar y jugamos un poco, pero, de repente, el animal salió disparado en dirección a la torre. Le seguí a la carrera sin poder alcanzarle, hasta que se metió entre las ruinas y le perdí de vista.

De pronto, me encontré sola dentro de aquel bastión pétreo destruido por el paso del tiempo, que en algunas partes parecía muy sólido y en otras tenía abundantes grietas y desmoronamientos.

De nuevo miré hacia atrás.

Las luces del hostal se veían cerca y eso me tranquilizó y me animó a seguir explorando la ruinosa torre, resto de épocas muy lejanas.

Aquellas piedras, nimbadas por la claridad de la luna, parecían haber tenido una finalidad guerrera. Eran los vestigios de una pequeña fortaleza construida, seguramente, para defender el monasterio por razones que tuvieron explicación en los turbulentos tiempos medievales.

Poco a poco avancé y me fui acostumbrando a la semioscuridad del lugar.

Tiritando, no sé si de frío o de canguelo, distinguí el revoloteo de un murciélago y oí el ulular de una lechuza, cazadora incansable de las sombras. Sin resultado, llamé en voz baja al perro, que parecía seguir escondido en cualquier parte.

Impresionada por la serenidad y la hermosura de aquella noche, el miedo que me inquietaba fue dando paso a una sensación de placidez. Presentía que algo iba a pasar y, por extraño que parezca, no lo temía. Ahora creo, sinceramente, que estaba hipnotizada por la sombra del fantasma, aunque no lo pensara en aquel momento.

Lentamente, pisando escombros, recorrí lo que parecían ser antiguas salas y galerías, ahora derruidas. Por fortuna, la claridad lunar me permitía distinguir los contornos y guiaba mis pasos.

Al llegar a una de las estancias del torreón, la más amplia de cuantas había recorrido, me asombró la visión de un rayo lunar que penetraba en la vetusta estancia a través de un amplio ventanal. Era como un gran chorro de luz invadiendo la soledad del sitio, quebrando la oscuridad de la noche.

Entonces fue cuando volví a ver la sombra blanca, que esta vez quedó oscilante, como un cendal meciéndose en el aire, flotando a lo ancho de la oscuridad. Aquél era el fantasma, mi fantasma.

La figura tenía unos contornos imprecisos, silueteados en el ventanal por el que entraba el foco de luna. Pero su apariencia era humana, con un rostro borroso en el que creí distinguir rasgos nobles y jóvenes, ojos brillantes, como dos pequeñas luciérnagas, y un esbozo de boca que emitía ruidos confundibles con balbuceos y esbozos de palabras. Sonidos rasposos que denotaban fatiga y cansancio, como cuerdas de violón desafinadas, y parecían corresponder a alguien mucho mayor, un viejo casi.

Tuve que asegurarme de que no se trataba de una alucinación. Me pellizqué con fuerza un brazo y sentí dolor, y en un primer impulso quise echar a correr o fingir un desmayo, aunque, finalmente, se impuso el sentido común.

Decidí que valía la pena quedarme quieta, muy quieta, y esperar a ver qué pasaba. Entonces fue cuando aquel personaje, surgido no de las sombras, sino de la luz, me habló.

Sus balbuceos dieron paso a sílabas y luego a palabras reconocibles con dificultad, en un tono que denotaba cansancio y un cierto hastío. La ex-

presión de un desencanto lejano y profundo. Una llamada de auxilio que nunca había sido atendida.

Las palabras, que yo podía captar en mi mente sin que nadie más pudiera oírlas, eran sonidos articulados con suficiente claridad, aunque apagados y remotos, ligeramente silabeantes. Mis dientes entrechocaron como si estuviera a punto de congelarme, y me temblaron las rodillas, pero pasado el primer espanto adquirí la sensación de que el personaje —o lo que fuera— que tenía ante mí no parecía peligroso. Tampoco sé por qué llegué tan rápido a esa conclusión. El instinto o sexto sentido debió de advertirme.

Aquella sombra ondeante me miraba con fijeza, y yo intenté decir algo, pero no se me ocurrió nada. Además, las palabras no me salían. Era como cuando en las pesadillas intentamos hablar y no podemos, y esa incapacidad aumenta nuestra angustia, nuestro desasosiego ante el peligro inminente que corremos.

—¿Quién eres? —oí decir en mi laberinto mental al fantasma—. ¿Por qué me has seguido?

La voz que me llegó tenía una entonación rara, con leves matices mecánicos. Algo parecido al parloteo de un contestador telefónico automático. Sentí miedo de no poder responder, pero tras varios intentos y mucho esfuerzo, las palabras terminaron saliendo, no de mis labios, sino de mi mente, en fragmentos de transmisión telepática, aunque yo podía oírlas como si las estuviese pronunciando con los labios. Todo eso me resulta ahora lógico. Los fantasmas no hablan como nosotros, y no es posible entenderse con ellos hablando de manera normal.

Balbucí.

—Me desperté y vi tu sombra en la ventana. Entonces, algo me empujó a venir hasta aquí.

—¿Qué quieres? ¿Por qué has venido? —dijo aquella voz inquietante, salida de las entrañas de la noche.

—Quiero saber quién eres tú.

De golpe, rompiendo el silencio nocturno, el viento arrastró hasta el torreón las voces y risas de los amantes de la trucha y el cordero, que continuaban en pleno jolgorio en el comedor de la hospedería. La aparición se alteró.

—Pardiez, ya veo que esta noche hay mucho barullo. Gente asaz alborotada y comilona, a lo que parece. ¿Has venido con ellos?

Tenía gran dificultad para entender a la sombra. Entre la distorsión de su voz y la algarabía lejana, las palabras del fantasma llegaban a mis oídos muy amortiguadas.

—Sí, con mi padre. Son un grupo de amigos que celebran una reunión. Algo juerguistas y ruidosos, pero, en general, buenas personas.

—No me gusta el ruido y no me gusta la gente que no conozco. Antaño, en mis primeros tiempos de fantasma, los humanos gritaban menos. A ti tampoco te conozco, pero me inspiras confianza. Quizás en otro momento podamos seguir platicando.

Y dicho esto, la sombra se esfumó sin dejar ni rastro. Como si todo hubiera sido un espejismo.

Cabizbaja regresé al hostal. Miré en el prado por si veía al perrillo, pero también había desaparecido.

Tres

DEBIÓ de ser la emoción, o el cansancio producido por la inquietante aparición fantasmal, pero el caso es que me quedé frita nada más caer en la cama. Dormí de un tirón más de ocho horas y ni siquiera oí llegar a mi padre a la habitación, aunque al día siguiente, cuando desperté, él estaba ahí, fresco y en pie, recién duchado y vestido.

Poco a poco, mientras ahuyentaba la somnolencia, procuré recordar lo que me había sucedido la noche anterior. Pero las dudas hicieron su aparición. ¿Y si todo hubiera sido un sueño? ¿No se trataría de una alucinación?

La verdad es que la visión de aquel espectro contrariaba todas las leyes de eso que

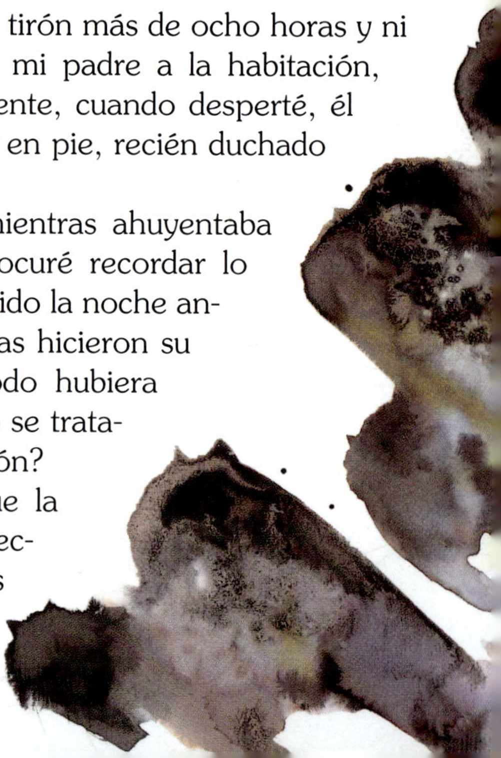

llamamos realidad, y yo no tenía ninguna prueba de que hubiese ocurrido de verdad.

Debí de poner cara de lela mientras daba vueltas a tanto interrogante, porque mi padre, después de darme los buenos días y escrutarme un poco, me dijo:

—¿Has dormido bien? Te veo muy pensativa.

—Pues sí. He dormido de un tirón. ¿Y tú? ¿Qué tal tu fiesta?

—Acabó a las tantas —sonrió—. Por cierto, ¿viniste a la habitación en cuanto saliste del comedor?

—Sí —le solté una mentirilla piadosa y en seguida me arrepentí. Sería mejor contárselo todo, aunque resultase bastante inverosímil de puro alucinante. Estaba hecha un lío.

—¿Y esto? —Mi padre se agachó y exhibió uno de mis zapatos, manchado de barro en la suela, como si se tratase de un trofeo.

—Es mi zapato —dije como una pánfila.

—Hasta ahí llego, hija, pero está muy sucio, como si hubieras estado de caminata.

—Ah, bueno. Es que no vine directamente, pasé por el claustro y me acerqué al surtidor. Allí debí de mancharme.

Por la cara que puso, mi padre no quedó muy conforme con la respuesta, pero se hacía tarde y no quiso insistir. Según el programa previsto, teníamos media hora para desayunar y salir de excursión a una cueva cercana, en la que se conservaban restos de pinturas prehistóricas. Un autobús nos llevaría al sitio.

—Ya hablaremos. Ahora vístete rápido y baja al comedor a desayunar. Allí te espero. Tenemos una excursión a las diez y media.

Hice un gesto de fastidio.

—Me voy a aburrir con tanta gente mayor.

—Si te quedas, te aburrirás mucho más. Y comeremos en el pueblo de Valderrobre, que me han comentado que es digno de verse.

Le dije que de acuerdo, que me esperase en el comedor, y en diez minutos bajé. Desayunamos con el resto del grupo y luego, entre bromas y caras de sueño, subimos al autobús, que tardó una media hora en llegar a su destino: una vieja cueva, orgullo del lugar.

El sitio era realmente impresionante. Se trataba de una gruta, con una gran boca de entrada, excavada en una enorme pared caliza, en la que se dibujaban las cicatrices geológicas, en forma de estratos, que las diferentes edades habían ido dejando en la montaña. Un componente del grupo, director de una revista de viajes titulada *Andadura,* era el encargado de hacer de cicerone y fue desgranando su retahíla informativa para todos los que, agrupados en torno, querían escucharle. En resumen, vino a decirnos que la cueva era el mayor punto de atracción turística de la zona, no sólo por sus pinturas rupestres, sino por una serie de leyendas y hechos misteriosos relacionados con ella en el transcurso de los siglos. Antiguo lugar de adoración pagana a una gran diosa, fue luego refugio de eremitas cristianos. Uno de ellos, llamado Efrén, según la creencia popular, se transformó en amigo del diablo. El diabólico anacoreta invocaba a los poderes ocultos y cuentan que un día recibió su merecido, porque apareció una gran bola de fuego en el cielo, una gran luz que descendió sobre la cueva y acabó con la vida de Efrén. Durante la Guerra de la Independencia, la gruta la utilizaron los guerrilleros que luchaban contra los franceses de Napoleón, y allí ocultaron un tesoro fruto de los dineros reunidos durante la contienda y de la recuperación de la rapiña de la soldadesca napoleónica en los pueblos de los alrededores. Los habitantes de Valderrobre casi nunca se acercaban a la cueva y procuraban evitar trabajar cerca de ella. Todo eso despertaba un temor supersticioso en el pueblo y —entonces lo recordé— explicaba la conversación que había oído la noche anterior en el vestíbulo del hotel entre el cura y el individuo de las gafas.

Después de completar el recorrido turístico volvimos a Valderrobre, donde también hubo palabras, muchas y animadas, haciendo los honores al condumio que allí nos ofrecieron. Verdaderamente, la tribu aquella de periodistas especializados en viajes y turismos se transformaba como por ensalmo cuando llegaba la pitanza, que volvió a ser de órdago.

Ni que decir tiene que la vuelta al hotel en el autobús estuvo amenizada por los ronquidos de más de uno, contrapunteados por un coro bastante desafinado de los que todavía tenían ganas de prolongar la euforia de la comida machacando las canciones de costumbre: *El porrompompero, Si Adelita se fuera con otro, A Pamplona hemos de ir* y otras maravillas de la lírica excursionista.

—¿Qué te ha parecido lo que hemos visto en esa cueva? Es fantástico, ¿verdad? —le dije a mi padre, aprovechando un descanso de la coral viajera.

—Desde luego. No esperaba ver una cosa así por estos parajes.

—¿Y qué opinas de toda esa leyenda de la cueva?

—Lo más curioso es que no existe nada escrito acerca de eso. He indagado un poco antes de venir, y no existen libros sobre el asunto. La leyenda está sustentada sólo en la tradición oral.

—Debe de haber algo en la biblioteca del monasterio.

—Puede que tengas razón. Y ya que estamos aquí, creo que deberíamos aprovechar para verla.

—Me gustaría ayudarte, ya lo sabes. Pero no sé cómo —y al decirle esto, me vino a la memoria la conversación con el fantasma, la cantidad de cosas que podría contarme sobre el pasado. Porque, de eso estaba segura, los fantasmas siempre son antiguos y soportan mucho pasado a sus espaldas.

Decidí que por la noche, cuando los de la cofradía estuvieran en el bar después de cenar, contándose sus batallitas, intentaría volver a hablar con mi amigo. Pero para eso tendría que ser discreta, muy discreta. No siempre se tiene la suerte de ver a un fantasma educado y amistoso, como parecía ser el mío.

CUATRO

EL mucho tiempo transcurrido hace flaquear mi memoria. A partir de una cierta edad, los recuerdos se confunden mucho, y esto es un síntoma de que los años avanzan, pero no hay manera de impedirlo. El ciclo humano es como el de cualquier otro ser vivo de la naturaleza: vive, se desarrolla y perece en un espacio y un tiempo dados, aunque en el caso del fantasma que yo conocí parecía diferente. Por alguna razón galáctica, su espacio-tiempo era muy distinto al nuestro, y eso es lo que le permitió vivir tanto tiempo entre los humanos.

Del registro de mis queridas sombras del pasado extraigo estos jirones del recuerdo archivados en mi memoria. Podéis creerlo o no, pero esto es lo que vi.

Aquella noche —segunda de mi estancia en el monasterio— después de cenar en el comedor con aquella vigorosa tropa de comilones, le dije a mi padre que estaba algo cansada y que me iba a la habitación a dormir, mientras él se quedaba parloteando con sus amigotes. Me escrutó antes de autorizarme a marchar.

—¿Seguro que estás bien?

—Como una rosa. Palabra.

Pareció creerme y abandoné el comedor, pero no me encaminé a mi habitación. Tras asegurarme de que mi padre se había tragado el cuento y no me seguía, hice el mismo recorrido de la noche anterior. Atravesé el claustro, enfilé el corredor de piedra y avisté la solitaria torre.

Entonces, como una premonición, apareció el perrillo como surgido de la nada. Me olisqueó los pies y me siguió sin ladrar.

Parecía contento por la forma de menear el rabo y se internó conmigo entre los cascotes y las ruinas del torreón, hasta que llegamos al sitio exacto en el que había tenido lugar la primera aparición, ante el ventanal inundado de luna. Cuando miré a mi alrededor, mi pequeño compañero canino había desaparecido.

Esperé un buen rato casi sin moverme, envuelta en el silencio de la noche, hasta que surgió de nuevo aquel espectro de ojos chispeantes, capaz de mantenerse en el aire como si estuviera levitando.

—Esperaba volver a verte —dije tuteándole—. ¿Cómo estás?

—Es algo extraña tu pregunta. Se supone que los fantasmas nunca estamos del todo bien, ya que nos ha sido negado el descanso eterno que tanto se pregona. No quiero entristecerte con mis cuitas, pero hay días en que me siento en este mundo, que es el vuestro, más solo que la una. Llevo un montón de tiempo sin entender qué hago y para qué estoy aquí. Me aburro soberanamente, y menos mal que ahora puedo hablar contigo, que no desfalleces al verme en este estado. Hay gente a la que pasma mi semblante y con sólo verme sale corriendo o se muere del susto.

La voz de la sombra iba y venía como un eco acordeonado y resurgente. Yo tenía que afinar mucho el oído para entender lo que decía.

—¿Qué recuerdas de tu pasado?

—Poco, a decir verdad. Mi memoria se confunde y no atina a ver con claridad mi procedencia. Apenas rememoro nada de mis orígenes ni de mi vida mortal antes de verme en este estado fantasmal. Tengo vagos recuerdos de un gran resplandor en el cielo, y una extraña máquina volante, como un óvalo refulgente que giraba a gran velocidad exhalando chorros de chispas. Es como un sueño recurrente. De aquel maravilloso con-

centrado lumínico surgían extrañas ondas parecidas a rayos. En mi mente percibo también a veces un golpe muy fuerte, de algún objeto muy pesado que choca contra el suelo, y también recuerdo que estaba en una cueva, antes de que el óvalo refulgente desapareciera en el éter con gran velocidad y estrépito. Desde entonces, he descubierto que soy invisible durante el día a los ojos humanos corrientes. He tenido que ir tomando conciencia de mi estado poco a poco.

—Tú debes de ser un extraterrestre. Alguien que llegó de otro mundo.

—Tal cosa puede ser —dijo—, ya que de repente me llegan ruidos raros, señales remotas que soy incapaz de descifrar. Es como si me hubiese quedado congelado en el tiempo. A veces, mi cabeza hierve y parece que estuviera intentando comunicarse con alguien o establecer algún vínculo con otro mundo. Mucho tiempo paso contemplando las estrellas, y algo me empuja a intentar contactar con ellas. ¿A ti te gustan las estrellas?

Asentí, naturalmente. Para mí las estrellas siempre han sido piezas brillantes de un tesoro inalcanzable, con las que mi fantasía ha jugado en solitario horas enteras. ¿Cómo no iban a gustarme las estrellas?

—De todo cuanto conozco, no encuentro nada más hermoso e inquietante que las estrellas —dijo el fantasma—. Intuyo, además, que son el camino que ha de llevarme de nuevo hacia mis orígenes, con mis semejantes, que deben estar esperándome en alguna parte de ese inmenso cielo que nos envuelve.

Sentí acentuarse mi pena por aquel ser fuera del tiempo y el espacio, obligado sin remedio a permanecer aislado, transitando por los siglos de los siglos como lo que en realidad era: un fantasma.

—Lo que no entiendo —comenté— es cómo podemos entendernos, por qué hablamos el mismo idioma.

—Eso es harto sencillo —contestó—. Tuve que aprender vuestro idioma, oyéndolo hablar a la gente, cuando me quedé solo en este mundo.

De repente, el perrillo que me había acompañado hasta la torre empezó a ladrar. Sus ladridos llegaron nítidos y persistentes, y aquel ser impalpable pareció ponerse nervioso y empezó a agitarse.

—No te lo he dicho antes, pero ése es mi perro —dijo—. Se llama Ciruelo, y algunas veces me hace compañía. Cuando ladra así es señal de que alguien se acerca, y no me gustaría, sobre todo por ti, que nos vieran aquí de cháchara a estas horas, a la luz de la luna. Además, alguien podría darse un susto de muerte. Así es que me voy. Ya nos veremos en otro momento. Adiós.

Y diciendo esto, se escurrió por la ventana hacia el exterior de la torre y desapareció.

CINCO

CIRUELO seguía ladrando, cada vez más cerca, mientras yo desanduve mi camino entre las ruinas hasta llegar a la entrada del torreón. Desde allí avisté las luces de la hospedería, que contrastaban con la oscura silueta del monasterio.

El viento parecía traer ecos de alguna música. Seguramente, los de la cofradía aún continuaban celebrando su segunda noche de holganza. Apresuré el paso y distinguí al can corriendo sobre la hierba, hasta perderse entre unos arbustos próximos.

Ya estaba a punto de alcanzar la entrada de la galería que llevaba al claustro del monasterio, cuando casi me di de bruces contra un bulto humano. Resultó ser el monje encargado de la biblioteca, como él mismo me dijo en seguida para evitar que me asustase más de la cuenta.

—¿Dónde vas con tanta prisa a estas horas, chiquilla?

—Usted perdone. Ni me había dado cuenta.

Aquel monje llevaba un hábito de color negro y blanco, con capucha. Era un hombre de unos cincuenta años, fuerte y barbudo, de mediana estatura, casi calvo. En la oscuridad vi el reflejo de sus manos. Llevaba un gran anillo dorado, con una especie de figura bellamente labrada parecida a un animal mitológico.

—¿Estás alojada en la hospedería del monasterio?

—Sí, señor. He venido con mi padre, que es periodista.

—Vaya, vaya. ¿Y tú qué haces sola por aquí?

—Daba un paseo. La verdad es que no tengo sueño. Y las conversaciones de los mayores me aburren un poco.

—¿Cómo te llamas?

—Carmela.

—Es un bonito nombre. ¿Sabes lo que significa?

Le dije que no tenía ni idea y el monje volcó sobre mí toda su erudición, que debía ser mucha por trabajar en una biblioteca.

—Carmela es femenino de Carmelo, que es el nombre hebreo. Así llamaban los judíos a un monte que hay en Israel donde celebraban su fiesta del sábado.

—Pues, mire por dónde, yo creí que venía de Carmen, que ya sé que significa canción, o también casa con huerto.

—Yo me llamo Fulgencio, que viene del latín y significa refulgente.

Ya tenía bastantes refulgencias por aquella noche, pero Fulgencio parecía tener ganas de pegar la hebra, aunque yo estaba deseando llegar cuanto antes a la habitación para evitar que se me adelantase mi padre y tener que darle explicaciones más falsas que una moneda de madera. No me gustaba mentir, y menos a él.

—Oye, ¿qué te parece este convento?

Le dije la verdad, toda la verdad y nada más que la verdad.

—No me ha dado tiempo a conocerlo mucho, pero lo que he visto fuera me parece muy, pero que muy interesante.

—¿Te gustan los libros?

—Todos menos los que no entiendo y tengo que estudiar por narices. Mi padre tiene muchos libros en casa y leo bastante.

—Bueno, pues yo suelo estar en la biblioteca por las tardes. Si tienes un rato ven a ver-

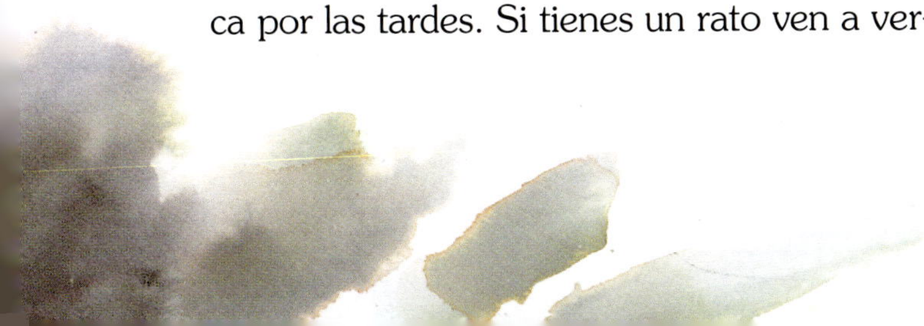

me, con permiso de tu padre, claro, y te enseñaré unos cuantos libros curiosos.

Nunca me ha gustado llamar padre a nadie que no fuera el mío propio, así que, impaciente, me despedí del bibliotecario llamándole señor Fulgencio, que era su auténtico nombre.

—De acuerdo, señor Fulgencio, hasta la vista.

Y emprendí el trote largo hasta mi habitación, pero, cuando fui a pedir la llave en recepción, me llevé un buen chasco: el conserje me dijo que mi padre ya estaba arriba.

Era casi medianoche y subí las escaleras pensando en contarle algún camelo que pudiera ser creíble, y la verdad es que no se me ocurrió ninguno. Entonces decidí que lo mejor sería decirle la verdad, aunque estaba segura de que no me creería. Pero así, al menos, mi conciencia se quedaría tranquila.

Como era de esperar, cuando entré en la habitación mi padre puso cara de malas pulgas. Con el pijama puesto, estaba en la cama leyendo un periódico.

—Muy bonito. La señorita me dice que se va a dormir y se pierde por ahí a estas horas. ¿Se puede saber dónde has estado, si no es mucho pedir?

—Perdón por la tardanza. No te lo vas a creer.

—Creer, ¿el qué?

—Lo que me ha pasado.

Mi padre se alarmó y saltó de la cama.

—¿Te ha ocurrido algo malo? Puedes decírmelo. Soy tu padre.

—Malo, exactamente, no.

—Pues entonces, ¿de qué se trata? Aclárate de una vez.

—Verás. Es que he estado hablando... no te rías, por favor... con un fantasma. Aunque tampoco sé si es en realidad un fantasma. También puede ser un extraterrestre. O mejor, un fantasma extraterrestre.

—¡¿Queeeé?!

Mi padre tiró el periódico y saltó de la cama. Con el sobresalto, abría y cerraba los ojos, como si tuviera un tic nervioso.

—¿Un fantasma? ¿Un extraterrestre? Hija, tú no estás bien del coco. Mañana mismo nos vamos para Madrid a que te vea un médico.

—Pero si es verdad —le dije resignada.

—No quiero que empieces a complicarte la vida con fantasías adolescentes. Hasta ahora pensaba que eras una muchacha realista y sensata, aunque ya veo que me he equivocado. ¿Por qué no quieres decirme la verdad? Si te has entretenido haciendo algo por ahí, puedo entenderlo.

Entonces se lo conté todo, con pelos y señales

y no poco nerviosismo. Mi escapada a la torre, mi doble encuentro con el espíritu, la aparición de la extraña luz y la llegada de aquella especie de nave estelar, la soledad del invisible espectro y el encuentro con Fulgencio, el monje bibliotecario.

Curiosamente, a medida que yo iba hablando, mi padre, en vez de enfurecerse, parecía interesarse cada vez más. Cuando terminé mi historia, me tranquilizó. Le vi inclinado, si no a creerme, a pensar que todo podía tratarse de una alucinación histérica o algo así. Cosas de la edad. La mía, claro.

Se levantó de la cama y me tranquilizó.

—Eso que me has contado no será un cuento chino, ¿verdad?

—Te lo juro.

—Es curioso. Yo también he hablado hoy con Fulgencio poco antes de que bajaras al comedor, y me ha dicho cosas que tendrían que ver con tu historia. Aunque desde ahora te aviso que yo no creo en fantasmas ni nada parecido. A veces, los sentidos nos juegan malas pasadas, que es lo que te debe haber pasado a ti.

Molesta, refunfuñé.

—Lo mismo piensas que estoy como una regadera. Gracias.

—No te lo tomes así. Las historias sobre fantasmas y apariciones son tan antiguas como el mundo. Lo único que intento decirte es que yo no creo en fuerzas sobrenaturales. Todo lo que ocurre tiene que ver con las fuerzas que están dentro de la naturaleza, aunque muchas de ellas todavía nos sean desconocidas. Hasta hace poco no sabíamos que existía la radiactividad, por ejemplo, y hasta la electricidad, hoy tan corriente, era un misterio hace un par de siglos. Incluso ahora no conocemos la naturaleza exacta de eso que llamamos electricidad. Lo que me has contado no tiene por qué ser atribuible a espíritus sobrenaturales ni nada por el estilo. Ese ser, el fantasma, como tú le llamas, puede ser una víctima del tiempo.

—¿Víctima del tiempo?

—Bueno, déjame que te explique. Yo no entiendo mucho de astrofísica y tampoco soy muy aficionado a la ciencia-ficción, pero el concepto del tiempo es un misterio que me sigue dejando perplejo cada vez que lo pienso. Cada sistema cósmico es un ente aislado, no sólo del resto de los seres, sino del cosmos. Tu fantasma quizá venía de otro mundo, y por tanto de otro tiempo. Ahora el tiempo de la Tierra no significa nada para él. ¿Me sigues?

—A medias. Lo de los tiempos diferentes en mundos diferentes ya lo sabía.

—Eso, además, quedó completamente demostrado con la teoría de la relatividad de Einstein. Supongo que sabes quién era.

—Soy analfabeta, pero no tanto —le dije, molesta.

—Perdona. Vuelvo a lo que te estaba diciendo antes. En realidad, es muy curioso esto del tiempo. Durante muchas épocas hemos considerado que en la Tierra todo se mueve en el tiempo hacia delante y a idéntica velocidad. Hablábamos, por ejemplo, del curso del tiempo, dando por sentado que su velocidad de crucero era una sola, que el tiempo era una especie de corriente monodireccional y homogénea. También pensábamos antiguamente que cualquier ser viviente de otro planeta, en cualquier sitio de nuestro universo, debía tener la misma velocidad, pero el universo no es la simple caja grande que imaginaron nuestros antepasados. Cada planeta, cada cuerpo en el espacio tiene su propio campo cronológico y gravitatorio. El universo está lleno de tiempos locales, que no son puramente mecánicos, sino también una función psicobiológica.

—Ahora no te entiendo ni jota. Lo mismo piensas que estás hablando con doña Sabelotodo.

—Humm... Creo que me estoy liando. Lo que quiero decir es que, a lo mejor, el tiempo es una sensación que cada uno de nosotros llevamos dentro y que esas sensaciones pueden acelerarse o amortiguarse por razones aún desconocidas. Eso podría significar que las personas tenemos sensaciones de tiempo diferentes cada una.

—Bueno. A mí algunas veces me parece que el tiempo transcurre muy deprisa y otras muy lentamente. ¿Es eso lo que quieres decir?

—Más o menos.

Mi padre no parecía tener muchas ganas de dormir. Estaba desvelado, daba pasos largos por la habitación e intentaba prolongar la charleta. Le pregunté qué le había dicho Fulgencio.

—¿Cómo? —se sorprendió.

—Dijiste que te había contado cosas que tenían que ver con mi historia.

—Me habló de un códice latino muy antiguo relacionado con el ermitaño maldito, Efrén, y la extraña luz que vieron los lugareños.

—¿Te fijaste en sus manos?

—¿En las manos? No especialmente, hija... ¿Por qué?

—¿No viste que llevaba un anillo grande de oro?

—Ahora que lo dices, sí lo recuerdo. Era un anillo poco corriente, desde luego. Parecía antiguo y de valor. Pero la verdad es que no le presté mayor atención.

—Pues a mí ese Fulgencio me parece un tío muy raro. Y no me pega para nada que lleve un anillo como ése, más propio de una secta que de un fraile.

Mi padre se sobresaltó. Esa noche parecía no ganar para sustos.

—¿Qué sabes tú de sectas?

—Lo que tú me has dicho. Que es gente maniática, medio gaga, que siempre está profetizando cosas raras y hay que tener cuidado con ella.

—No lo olvides.

—No lo olvido.

—Lo que no sé es dónde quieres ir a parar con lo de Fulgencio.

—Todavía a ningún sitio. Pero creo que debemos ir a ver lo que hay en esa biblioteca cuanto antes. Mañana mismo.

Mi padre asintió de nuevo, aunque lo del fantasma le había dejado un poco tocado. Entonces le conté la conversación que había oído en el vestíbulo de la recepción del hostal, mientras recogía la llave de la habitación. También le describí a los interlocutores y en seguida los reconoció.

—Son Álvaro Mediavilla, el médico del pueblo, y don Matías, el párroco.

—El cura estaba bastante preocupado con la superstición de la gente de estos contornos. Se-

gún él, las puertas de las casas del pueblo todavía se pintan de colores claros, blancos o azules para protegerse del mal de ojo.

—Quizás se trate de viejos agüeros ancestrales. Los colores claros, dicen, ahuyentan los malos espíritus, y los oscuros los atraen. Rastros de hechicerías remotas conservados en la memoria de la gente.

—Bueno, creo que me voy a dormir —bostecé, dando por concluida la charla—. Tengo tanto sueño esta noche que no me despertarían ni mil fantasmas. Buenas noches.

SEIS

DORMÍ de un tirón más de ocho horas, y cuando me desperté, mi padre había abierto el balcón, por el que entraba el salutífero y reconfortante olor campestre mañanero. Me esperaba para bajar a desayunar.

—Arriba, gandula. Vístete rápido. Ya sabes que hoy tenemos algo importante que hacer. Pero primero vamos a tomarnos un buen café con leche.

Salté de la cama y me dirigí al baño. La mañana era despejada y luminosa, y el aroma de pinos, retama, romero y tomillo impregnaba la habitación. La primavera, generosa, retornaba como cada año sin pedir nada a cambio.

—Estoy lista en diez minutos. ¿Por qué no bajas y vas pidiendo el desayuno?

—Buena idea.

Los cofrades de la trucha y el cordero tenían previsto ir esa mañana a recorrer el cañón de un río cercano, donde, naturalmente, echarían las cañas de pescar por si picaba algo con escamas. Una hazaña de la que podrían estar presumiendo luego durante horas y horas, exagerando el peso y el tamaño de los inocentes peces capturados.

Mi padre fingió una excusa para quedarse conmigo en la hospedería, y después de dar un corto paseo por los alrededores, nos encaminamos a la biblioteca.

A esa hora, Fulgencio estaba ya en plena faena entre sus libros, fichas y legajos, y no pareció muy contento de vernos. Sus pensamientos debían de estar puestos en alguna tarea que nuestra presencia le hizo postergar para mejor momento.

La estancia era amplia, bien iluminada, con las paredes completamente recubiertas de estanterías repletas de libros, casi todos bien encuadernados.

Mi padre le preguntó al monje si podíamos ver el códice latino que el propio Fulgencio había mencionado. Éste dudó antes de dar su asentimiento, a todas luces obligado por las circunstancias.

—Se trata de un libro muy raro y no me gusta enseñarlo mucho. La humedad del ambiente podría dañarlo.

Me volví a fijar en el anillo que Fulgencio llevaba. Parecía de oro macizo. Una pieza de orfebrería excelente.

El monje arrimó una escalera a una librería en el extremo de la sala y buscó durante un buen rato en una de las estanterías más elevadas. Cuando encontró el volumen, llevó el libro hasta su gran mesa de trabajo, situada en el centro de la biblioteca, donde había un gran pisapapeles de piedra lisa blanquecina.

—Aquí está —dijo con aire satisfecho—. Hay que tocarlo con mucho cuidado para no dejar marcas de dedos.

Fulgencio abrió despacio el códice: unas cuarenta o cincuenta páginas amarillentas de rancio pergamino, con un texto en latín de caligrafía gótica.

—¡Qué maravilla! —exclamó mi padre—. ¿Cuántos años se le calculan?

—Unos mil doscientos, quizá más. Lo escribió alguien que vivió poco después de que España fuera invadida por los musulmanes. Quizás otro monje, ya que eran casi los únicos que sabían leer y escribir en ese tiempo.

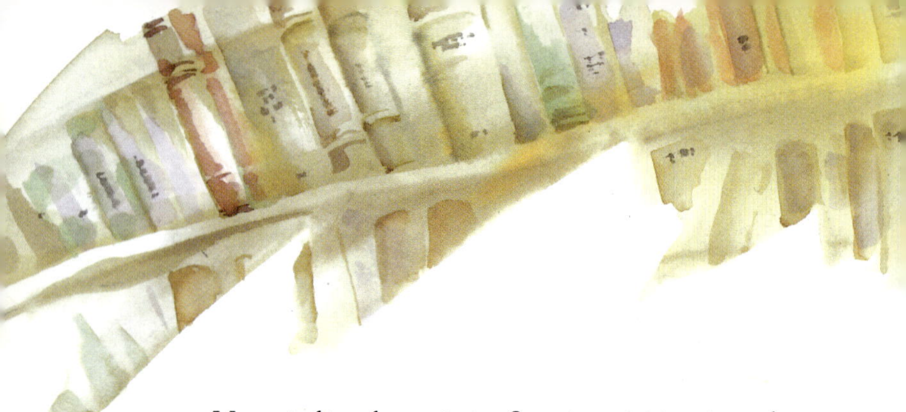

—¿Y qué dice la crónica? —inquirió mi padre.

—Relata una serie de historias relacionadas con estos lugares. La mayor parte se refieren a pleitos entre los campesinos y los señores del lugar, y otros detalles de la producción agrícola y ganadera del sitio. Pero en un par de páginas se menciona la famosa cueva cuya leyenda imagino que ya conocen. Por aquí se la cuentan a todo el mundo nada más llegar.

—¿Dónde está esa referencia? —preguntó mi padre.

El bibliotecario pasó varias páginas del libro hasta dar con el pasaje exacto.

—Aquí está, escrito en latín.

En el año setecientos veinte y ocho del Señor un eremita llamado Efrén se retiró a la gran gruta en las proximidades de una villa cercana al bosque que llaman de los robles gruesos. Y este eremita, las gentes del lugar aseguraban que era astrólogo y nigromante, hacía invocaciones a los poderes ocultos y decía haber visto descender una noche fuego del cielo y

otras luces extrañas que formaban un gran resplandor, lo cual aventuró ser una señal de que el fin de los tiempos estaba próximo. Y al poco de decir haber visto esa luz, el ermitaño desapareció y nunca más nadie volvió a verlo por estos contornos...

Mi padre copió palabra por palabra todo lo que el códice refería en torno a Efrén y la extraña aparición de la que fue testigo. Luego, como sin darle importancia, dejó caer:

—Perdone mi indiscreción, Fulgencio, pero ese anillo que lleva puesto parece realmente valioso. ¿Algún recuerdo familiar?

—Representa la última voluntad de un moribundo en secreto de confesión y para enmienda de sus pecados —respondió el monje, muy sorprendido y azorado por la pregunta—. Lo siento, pero no puedo revelar nada más sobre este asunto, y espero que usted lo comprenda.

—Dese luego —replicó mi padre, chasqueado en su intento de hallar la verdad sobre la valiosa joya.

Pero Fulgencio era una actor consumado y aparentando despreocupación cambió en seguida de asunto.

—El códice no deja lugar a dudas de la existencia de Efrén —indicó— y también confirma que se produjo un extraño fenómeno en la atmósfera poco antes de la desaparición del ermitaño.

—Un gran resplandor.

—Un suceso que no tiene por qué ser sobrenatural ni milagroso —puntualizó Fulgencio—, pero me extraña su interés por un asunto tan lejano.

Los ojos del monje brillaron recelosos.

—Curiosidad profesional, simplemente. Me gustaría escribir algo sobre esto en alguna revista.

—Espero que no lo consideren paparruchas, fantasías de pueblo.

Poco después de despedirnos del monje, y mientras reponíamos fuerzas almorzando un plato combinado en la cafetería del hostal, mi padre no se anduvo por las ramas.

—Hija, no te enfades, pero pienso que debemos estar un poco rayados. ¿Te das cuenta de lo que pensaría la gente que nos conoce? Estamos pensando en fantasmas y en historias relacionadas con resplandores galácticos. Francamente, todo esto parece una locura.

—No me dirás que ese Fulgencio no esconde algo. Ya has visto lo que te ha respondido cuando le has preguntado por el anillo. Una bola.

—Aquí lo principal —se sinceró mi padre— es el fantasma. Si pudiera entrevistarle se aclararían muchas dudas.

Y al decir esto miró alrededor, con la esperanza de que nadie le hubiese oído, y luego bajó la vista avergonzado. Lo de hacerle una entrevista a un fantasma no se da, desde luego, en las clases de Ciencias de la Información.

—¿Así es que ya crees en el fantasma? —dije, hurgando en la herida.

—No he dicho que crea. Sólo que en el caso (hipotético, por supuesto) de que fuera posible entrevistar a eso que a ti te ha parecido un fantasma...

—Ya te digo que lo he visto.

—Te voy a pedir un gran favor —el tono de la voz de mi padre era ahora suplicante—. Ni una palabra de todo esto a tu madre. Se pitorrearía de mí sin piedad. Tú no sabes la mala uva que almacena.

Mi padre volvió a lanzar miradas alrededor para asegurarse de que nadie nos escuchaba, y luego, bajando la voz hasta convertirla en un susurro, inquirió:

—¿Tienes algún medio de comunicarte con él?

—¿Con quién?

—Con el fantasma. Y no me lo hagas repetir. Debo de estar gilitonto por preguntártelo.

—Confía en mí —le dije—, el fantasma existe. Pero no sé cuándo volverá. Es muy desconfiado, aunque yo creo que le caigo bien y querrá verme otra vez.

Mi padre me miró y se pasó la mano por la frente con gesto de desesperación. Luego puso cara de circunstancias cuando vio que un par de compañeros de viaje trucheros y corderiles, que tampoco habían ido de excursión con el resto del grupo, se acercaban a saludarle. Aquello puso fin a nuestra conversación.

Esa noche me retiré también antes de que lo hicieran los mayores, y me encerré en la habitación con la esperanza de que mi fantasma se presentase.

Pero no apareció.

A la mañana siguiente, mi padre me despertó sin muchos miramientos.

Aún no eran las nueve y estaba alterado. Empezó a decirme cosas que al principio, con las legañas todavía pegadas, no entendí muy bien, aunque pronto, tras el segundo o tercer bostezo, salí de dudas.

—Fulgencio ha muerto.

—¿Cómooo?

—Lo que te digo, hija. Han encontrado su cadáver en la biblioteca. Levántate deprisa.

Siete

TODO el hostal estaba conmocionado. Algunos huéspedes asomaban la cabeza desde sus habitaciones, como ratones olfateando el aire antes de arriesgar la salida de la madriguera, y en la recepción había dos o tres grupos comentando lo que, sin duda, era la noticia del nuevo día.

Mi padre me aconsejó que me quedase en el vestíbulo de recepción y se encaminó hacia la biblioteca, fiel a su curiosidad periodística. Algunos rumoreaban que el monje había sido asesinado, aunque otros se inclinaban por un infarto o trombosis como causas de la muerte.

De pie, a un par de metros de donde yo estaba, Teodoro Aguayo, uno de los más bullangueros cofrades del cordero y la trucha, hablaba con don Matías, el cura, que no hacía más que repetir, moviendo la cabeza como si fuera un péndulo:

—No hay nada que hacer, qué pena. No hay nada que hacer...

Alguien preguntó, en el colmo de la incredulidad:

—¿Seguro que está muerto?

Luego, las conversaciones de los presentes derivaron en murmullos hasta que aparecieron un teniente, un cabo y un número de la Guardia Civil, acompañados de otro personaje de aspecto taciturno y con cara de sueño que, según oí, era el juez de instrucción. Detrás de ellos, con dos o tres individuos más, estaba mi padre. Lo vi nervioso y alterado.

—¿Has visto el cadáver? —le pregunté en cuanto se me acercó.

—Sólo un momento. En seguida me han echado.

—¿Lo mataron?

—No es seguro. Tenía una mueca de dolor y sorpresa en la cara que no resultaba muy divertida, te lo aseguro. Pero no había manchas de sangre en el suelo, aunque me dijeron que Fulgencio tenía un golpe en la sien que pudo hacerse él mismo al caer.

—Eso significa...

—Pues que si no fuera por el gesto de terror y el golpe en la sien, la muerte natural estaría clara.

—¿Qué dijo el médico?

—Más o menos lo mismo. Fulgencio pudo morir de un ataque al corazón. Pero el terror de su rostro y la contusión en la sien no resultan normales.

El teniente de la Guardia Civil se apellidaba Rufilanchas. Era un individuo alto, de gesto adusto, cara cuadrada, orejas grandes, pelo a cepillo y ojos astutos. Cuando salió acompañando el levantamiento del cadáver, que fue introducido en una ambulancia camino de la autopsia, parecía de mal humor. Mi padre, preocupado, me dio una orden.

—Tenemos que hablar.

—Bueno.

—Aquí no. Vamos a desayunar.

Ya en el comedor, mi progenitor se descontroló. Primero pidió café con leche y después café solo. Luego encargó zumo de naranja, pero se desdijo y lo cambió por un yogur. Quizás lo más conveniente para él en esos momentos hubiera sido un flan.

—Esto ha ido demasiado lejos.

—¿El qué?

—¿Cómo que el qué? Tenemos un muerto. Nada menos.

—Pudo ser un ataque al corazón, un accidente.

—Lo dudo. Le he visto la cara. Ya te he dicho que tenía el gesto contraído, aterrorizado. Quizás alguna visión horrorosa que no pudo resistir. Y luego está lo del golpe en la sien.

—¿Qué hay de la autopsia?

—Todavía es pronto.

—Eso nos sacará de dudas.

Mi padre torció el gesto en actitud incrédula.

—No siempre las autopsias son infalibles. En el caso de Fulgencio podría llegar a la conclusión de que el corazón le falló, pero sin concretar la causa del fallo.

—Sigues creyendo que alguien lo mató.

—Para mí está claro. Esto ha sido obra de eso que tú imaginas que es un fantasma, la sombra que sólo tú puedes ver.

Recordé a mi fantasma. Su voz de ultratumba, rasposa, metálica, salida del más allá, que sólo yo podía oír en mi interior como una llamada inaudible y lejana, procedente de un mundo invisible, fuera del alcance humano. Era la expresión de un alma atormentada, pero no la de un asesino. Además, ¿por qué iba a querer matar el fantasma a Fulgencio?

Le hice esta última pregunta en voz alta a mi padre.

—El anillo —me contestó—. El cadáver no tenía puesto el anillo. Quienquiera que lo matase, le robó el anillo.

—¿Y para qué querría un fantasma el anillo? No tiene sentido.

Mi réplica no le hizo desistir, pero le enfurruñó.

—¿Y yo qué sé? La experta en fantasmas eres tú.

—Si te molestas, lo dejamos.

—Lo siento. Pero vamos a intentar ser lógicos. Tú misma reconociste que se trataba de un anillo muy raro. Y recuerda cómo Fulgencio se incomodó cuando se lo mencionamos.

—Eso es verdad.

—Mira. Creo que debemos decirle a la Guardia Civil lo del fantasma. Es un dato importante para ellos.

—Nos tomarán por chiflados —me opuse—. Sobre todo a ti. Al fin y al cabo yo soy menor de edad, y lo atribuirán a fantasías infantiles o cosa parecida. Pero tú eres un adulto, y pensarán que estás como una chota.

Mi padre admitió esa probabilidad, lo pensó unos momentos y luego adoptó una decisión irrevocable.

—No me importa. Haremos lo que debamos hacer. ¿Estás de acuerdo?

—Pero, ¿quién va a creernos?

—Da igual. Tienen que saberlo.

Terminamos de desayunar y mi padre me condujo, como una oveja al matadero, a hablar con el teniente. Lo encontramos en la biblioteca, donde había aparecido el cadáver.

Mi padre se presentó y le enseñó el carné de periodista, lo que no pareció impresionarle en absoluto.

—No podemos decirle nada todavía. Estamos muy liados —declaró evasivo Rufilanchas, mientras proseguía su examen del escenario del posible crimen, en busca de algún rastro sospechoso.

—Me hago cargo. Pero yo lo que quiero ahora es contarle algo relacionado con este caso. En realidad, es mi hija la que más puede decirle al respecto.

El teniente enderezó hacia mí su mirada. Sus ojos traslucían un atisbo de desconfianza y recelo. Estuve a punto de echar a correr y desaparecer de allí por la vía rápida.

Rufilanchas seguía mirándome, aunque ahora parecía algo más amable. Sonrió un poco antes de preguntar:

—¿Cómo te llamas?

—Carmela. Carmela Monleón.

—¿Cuántos años tienes?

Sin pensarlo, me añadí uno y le dije que catorce. Deduje, no sin razón, que mi corta edad quitaría peso a mi declaración ante los mayores.

—¿Conocías al monje que ha muerto?

—Sí.

—¿Y qué quieres contarme?

Me azoré y aumentaron mis deseos de escapar a toda carrera, o de negarme a seguir hablando, pero mi padre me miraba y habíamos hecho un trato. Hablaría.

—Hay un fantasma en el monasterio. Lo he visto.

Rufilanchas abrió mucho los ojos y echó la cabeza atrás, como si le hubieran propinado un puñetazo.

El cabo, que estaba cerca y también me había oído, suspendió su busca y quedó inmóvil, como una estatua de museo.

—Me imagino que la niña sabe que no estamos para bromas —dijo el teniente a mi padre.

—Lo único que le puedo asegurar es que mi hija está en sus cabales. Si dice que ha visto algo es que ha visto algo.

El cabo volvió al movimiento y el teniente sacó

una libreta del bolsillo de la guerrera del uniforme. Por fortuna, pareció tomarse la cosa con profesionalidad y empezó a anotar la declaración.

—Así que has visto un fantasma.

—Fue el primer día de llegar. Yo estaba a punto de dormirme cuando sentí pasar una sombra en la ventana. La curiosidad me impulsó a salir de la habitación y a caminar hasta ese torreón próximo al monasterio, el que está en ruinas. Allí pude verlo.

—¿Quieres decir que se te apareció?

—Yo lo vi. Puedo describírselo.

—Venga.

Se lo describí tal y como lo había visto. Tal y como aún puedo verlo ahora, a pesar de los años transcurridos, cuando cierro mis cansados ojos.

—¿Y qué pasó luego?

—El fantasma me habló.

El cabo, intrigado por los fragmentos que le llegaban de mi declaración, se acercó al número y le dijo algo en voz baja. Los dos abandonaron su búsqueda de rastros y se quedaron mirándome como a un bicho raro.

Tardé casi media hora en contarle al teniente todo lo que sabía sobre mi fantasma. Cuando terminé estaba exhausta. Sentía tensión en todo el cuerpo y dolor de cabeza.

—Así es que por lo que me cuentas —dijo Rufilanchas con cierta sorna— ese fantasma campa por las cercanías del monasterio y el hostal, y tú lo viste en la torre, a la luz de la luna.

—Lo vi como le estoy viendo a usted.

—Hay algo más —dijo mi padre—. ¿Han encontrado ustedes el anillo que llevaba Fulgencio?

—¿Un anillo? ¿Qué anillo?

—El bibliotecario tenía un grueso anillo de oro que parecía antiguo. Siempre lo llevaba puesto.

—Pues no. La verdad es que no hemos encontrado eso que usted dice.

—Entonces se lo robaron. El asesino debió de cogerlo.

—Tomo nota del hecho —dijo el teniente escribiendo en su libreta—, pero no adelantemos acontecimientos. Deje que seamos nosotros los que saquemos las conclusiones —advirtió, celoso de sus prerrogativas.

El teniente dio algunas instrucciones en voz baja a los guardias, y éstos asintieron con la cabeza.

—¿Algo más, mi teniente? —dijo el cabo.

—Sí. Quiero hablar dentro de una hora con todos los monjes de este monasterio. Dígaselo de mi parte al prior.

—La comunidad religiosa es muy pequeña. Sólo quedan seis, ahora que Fulgencio ha muerto —puntualizó mi padre a Rufilanchas.

—Lo sé. Ya he hablado con el prior.

Y en vista de que ni mi padre ni yo nos íbamos, el teniente nos despidió con la aspereza del que dice adiós a dos entrometidos.

—Bueno, me imagino que tienen ustedes que hacer cosas por ahí. Yo, desde luego, sí —dijo, mientras nos iba empujando fuera de la biblioteca, antes de darnos con la puerta en las narices.

Mi padre y yo pasamos ese día, como el resto del grupo, en un estado de confusión y trastorno. La muerte de Fulgencio había sido una ducha helada para las alegrías de la víspera. La noticia de que el teniente iba a interrogar a todos los monjes parecía una situación de película o de novela de Agatha Christie. Todos, huéspedes y personal del hostal, cuchicheaban alarmados e intentaban insinuar saber más de lo que en realidad sabían. Algo muy frecuente en estos casos. Uno de los camareros de la cafetería dijo que en aquel monasterio siempre habían ocurrido cosas muy raras, sin concretar ninguna, y Urbano, el recepcionista, dejó caer que los monjes se llevaban muy mal entre ellos, rematando con un «no me extraña lo que ha pasado», que dejaba la puerta abierta a cualquier mal pensamiento.

Todos hubiéramos querido saber algo, naturalmente, de la declaración de los monjes a Rufilanchas, pero en esos momentos nos quedamos con las ganas.

El teniente se reunió con la grey religiosa en una pequeña sala que hacía las veces de refectorio o comedor del convento, y el encuentro duró casi dos horas. Como buen policía que era, Rufilanchas no perdía el tiempo, desde luego, pero tampoco se apresuraba. Iba poco a poco, primero un pie, luego una mano y luego el otro pie, igual que los escaladores.

Cuando llegó la hora de comer, la Cofradía de Amigos de la Trucha y el Cordero bajó al comedor en bloque. Parecía que la conmoción de las últimas horas les hubiese afectado sobre todo al estómago. Las ganas de comer, puedo dar fe, parecían ser la nota predominante. Observé que la mayoría engulleron como limas, incluyendo a Teodoro Aguayo, de quien oí decir a mi padre que había hecho una gran fortuna, con métodos poco recomendables en los negocios de la construcción.

Casi a los postres, después de un potaje serrano de primer plato y chuletón de novillo a la brasa con pimientos y patatas fritas de segundo, alguien comentó que don Matías, el cura, estaba citado por la tarde para hablar con el teniente.

—A mí ese cura no me cae bien —dejó caer Aguayo en tono de secreteo al conocer el dato—. Le veo muy reservón, como si ocultara cosas.

En un aparte, cuando ya estábamos a punto de levantarnos de la mesa, pregunté a mi padre:

—¿Vas a escribir algo sobre esto para los periódicos?

—Si Fulgencio ha muerto de infarto no hay noticia, pero si lo han matado la cosa cambia. Hasta que no sepamos eso a nadie le interesa el asunto. Así son las reglas del juego.

Finalmente, a eso de media tarde, sin que nadie supiera cómo, Radio Macuto hizo de las suyas y hubo filtraciones de la entrevista de Rufilanchas con los monjes.

Mi padre y yo, que regresábamos de un paseo por los alrededores, se lo oímos comentar al recepcionista, que estaba hablando con un joven, llamado Eduardo, que ayudaba a Urbano en la recepción y hacía además de lo que se terciase:

electricista, jardinero, fontanero, maletero, mecánico y factótum de bricolajes. Un diamante en bruto.

Mi padre metió baza en la conversación y Urbano, cuya nuez parecía más desacompasada que de costumbre, le contó de nuevo la historia.

—El prior, don Casiano, tiene ya ochenta años y está muy mal del oído. Casi no se ha enterado de nada y el teniente ha salido echando chispas. Los monjes no han estado muy locuaces que digamos. Me han dicho que daban la impresión de querer ocultar algo.

—¿Usted lleva mucho tiempo trabajando en este hostal? —inquirió mi padre.

—Dentro de poco hará dos años.

—¿Conocía a Fulgencio?

—Claro.

—¿Qué le parecía como persona?

—Si quiere que le diga la verdad, un poco raro. Se pasaba demasiadas horas encerrado en su biblioteca y algunas veces le vi hablando solo. Pienso que estaba algo chiflado. En una ocasión le oí decir que entre los libros también estaba el diablo.

Mi padre aguzó el oído.

—¿Cómo dice?

—Sí. Fue una vez que me lo encontré cerca del claustro. Yo venía de repartir unas cartas y lo vi muy alterado, farfullando solo. Cuando me vio, me dijo: «El diablo está en todas partes, hijo. También en los libros». Yo creo que alucinaba un poco.

—El día antes de su muerte, precisamente, mi hija y yo estuvimos con él en la biblioteca y nos enseñó unos libros muy antiguos.

—Antiguos y curiosos deben ser porque ya ha venido gente preguntando por ellos.

—¿Qué?

—Pues eso. Hará como unos tres meses llegó gente de Madrid muy interesada en ver esos libros. Se alojaron aquí y se pasaron mucho tiempo hablando con Fulgencio, y luego comentaron entre ellos cosas muy extrañas. Yo estaba cerca y les oí.

Mi padre se puso tenso como un galgo que olfatea la liebre. El recepcionista, regodeándose en el relato, continuó:

—Esos señores eran profesores o historiadores de alguna universidad. Hablaban de un tesoro que, al parecer, ocultaron los guerrilleros por estos contornos en tiempos de Napoleón. Una vieja leyenda del pueblo. Iban buscando documentación sobre eso.

—Debe tratarse del tesoro de la cueva del ermitaño.

—Pregúntele a su amigo, el señor Aguayo, que estaba en el hostal cuando llegaron los de la capital y habló con ellos.

—¿Teodoro Aguayo?

—El mismo. Vino por aquí a pescar y descansar por esos días y le vi hacer buenas migas con los profesores. Él le podrá contar.

El recepcionista dejó la cháchara para repasar unas facturas pendientes. Mi padre, soliviantado con la noticia, llamó a la habitación de Aguayo, pero no contestó nadie. Luego, lo buscó en la cafetería, también sin resultado, y en vista de que la tarde era larga me propuso dar un paseo hasta el pueblo, que estaba a unos cuatro kilómetros, para estirar las piernas y despejarnos un poco. Le dije que no. Quería ir a mi habitación y rumiar los acontecimientos acumulados en las últimas horas. Mis meditaciones, tumbada en la cama con los ojos cerrados, no me aclararon nada.

Hacia las nueve, mi padre regresó de su paseo y vino a recogerme a la habitación para ir a cenar.

En el comedor estaba Aguayo con su mujer, y cuando mi padre lo vio me hizo una seña y nos sentamos a la mesa de la pareja.

—Con permiso —dijo mi padre.

—Sentaos, sentaos —concedió el constructor. Parecía contento ante el segundo plato que le habían puesto: trucha gigante con gambas y jamón serrano al horno en salsa de bogavante. Una delicia para la pituitaria.

Mi padre encargó nuestra cena —sopas de ajo y trucha gigante con guarnición— y se lanzó a comentar con Aguayo el gran suceso de la jornada. No todos los días cae fulminado el monje bibliotecario de un antiguo convento. Mi progenitor no tardó mucho en abordar con Aguayo el tema que le preocupaba.

—No sabía que conocieras tanto a Fulgencio.

—¿Tanto? Sólo le había visto un par de veces.

—Pues me han dicho que estuviste aquí hace unos meses, con unos profesores de Madrid interesados en esa historia del tesoro de los guerrilleros.

—¿Quién te lo ha dicho?

—Secreto profesional —bromeó mi padre, pero Aguayo no era tonto.

—Debe haber sido el recepcionista. Es un chismoso. Ten cuidado con él porque le gusta contar trolas y falsas historias a todo el mundo.

—Bueno, pero ¿estuviste o no?

—Hombre, sí. Vine a pescar unos días en solitario para descansar y me encontré con esos tipos de Madrid. Eran tres y decían ser profesores de universidad, pero no estoy yo muy seguro. Podrían haber sido cualquier cosa, hasta delincuentes de guante blanco.

—¿Y qué querían?

—Verás, como te digo, el trío me resultó sospechoso y procuré pegar la hebra con ellos. Y también hablé con Fulgencio, por supuesto. Esa gente había oído leyendas de que por estos contornos, seguramente en la cueva de Efrén, el ermitaño loco, los guerrilleros habían ocultado un tesoro en tiempos de la Guerra de la Independencia. Un botín que fueron capturando en sus correrías y que por alguna razón dejaron escondido para recuperarlo después. Pero, según la *vox populi,* el grupo guerrillero se dispersó y muchos debieron de morir peleando. El caso es que nadie sabe qué pasó con el dichoso tesoro, cuyo rastro quedó en la memoria colectiva de estos contornos.

—Media España está llena de esas historias de tesoros perdidos o escondidos. Pero no entiendo qué tenía que ver el pobre Fulgencio con eso.

—Te cuento. Según los tres profesores, o lo que fueran, podían existir en la biblioteca del convento unos documentos antiguos donde se recogían pistas sobre el sitio del tesoro. Con ese pretexto escudriñaron la biblioteca de arriba abajo y le estuvieron dando la tabarra a Fulgencio, que tenía sus propias fantasías al respecto. Según él, era muy probable que hubiera un tesoro, pero estaba maldito y pertenecía al demonio. Quien lo encontrase, correría un grave peligro.

—¿Cómo acabó la historia?

—Los tipos de Madrid repasaron un montón de libracos, pero a mí me dijeron que no habían encontrado nada útil y se marcharon bastante defraudados. Cuando ya se habían ido, Fulgencio me contó que él tenía casi localizado el sitio donde estaba el tesoro, pero que no había querido decirles nada a los profesores por no causarles un grave perjuicio, ya que el tesoro estaba maldito. Yo creo que Fulgencio estaba muy mal del coco, como si viviera atosigado por fantasmas.

Al oír la mención fantasmal, casi di un brinco y me tragué de golpe un trozo de trucha.

—Creo que eso que me cuentas debería saberlo la Guardia Civil —dijo mi padre a Aguayo, que rechazó la sugerencia en redondo.

—¿Para qué? Ni hablar. Eso es meterse en líos inútiles. Luego te toman declaración y tienes que ir de aquí para allá, entre jueces, policías y abogados. Sé muy bien de lo que hablo. La policía y los tribunales cuanto más lejos, mejor. Yo sigo fiel a la maldición del gitano: pleitos tengas y los ganes. Además, ese Fulgencio murió de un infarto. Parece bastante claro. Aunque hay una cosa...

Mi padre y yo quedamos expectantes, y Aguayo apuró su historia.

—Al día siguiente de que los tres profesores, entre comillas, se marchasen, subí a la biblioteca para charlar un rato con Fulgencio y le vi muy mohíno. Creía haber perdido un libro, aunque no estaba completamente seguro. Pero dejó caer que posiblemente los de Madrid se lo hubieran llevado sin su permiso, claro, pese a que Fulgencio no tenía prueba alguna de que lo hubiesen robado. Y por otra parte, el fraile no tenía muy claro si el libro había desaparecido mucho antes, porque tampoco le quedaba constancia de su existencia en el fichero de la biblioteca, muy incompleto y desordenado. Fulgencio archivaba a su modo y manera y la biblioteca sólo la entendía él.

—Por curiosidad —dijo mi padre cambiando el tercio—, ¿te fijaste si por entonces Fulgencio llevaba un grueso anillo de oro?

—No me fijé. ¿Por qué?

—Llevaba ese anillo poco antes de morir, pero cuando encontraron su cadáver no lo tenía puesto.

—O sea, que alguien se lo robó. ¿Lo sabe la Guardia Civil?

—Sí.

—Pues entonces ya tomará sus medidas. Vamos a hincarle el diente a lo que queda de esta trucha, que se está enfriando —concluyó Aguayo mirando de refilón a su esposa, una mujer tan seria que parecía tener dolor de estómago.

Ya en la habitación, antes de dormir, mi padre seguía dándole vueltas a la historia del tesoro y el libro desaparecido.

Por primera vez parecía haber un móvil en el supuesto asesinato de Fulgencio. Existía una hipótesis razonable: alguien vino a rebuscar en la biblioteca para encontrar pistas del tesoro, Fulgencio lo sorprendió y le mataron.

—Eso elimina la posibilidad de que muriera de un susto —objeté—. A no ser que el fantasma...

—Tu fantasma.

—Se le apareciese de golpe, quizás para recuperar el tesoro o el anillo. ¿Pero para qué querría un fantasma tener un tesoro o un anillo? No tiene sentido. Los fantasmas no necesitan nada de eso.

—Puede ser —lucubró mi padre— que el anillo de Fulgencio fuese parte del tesoro perdido. Imaginemos que Fulgencio encontró el tesoro y se quedó con el anillo, ocultando el resto.

—Alucino, pero sigue.

—En ese caso, el anillo era la prueba palpable de que existía el tesoro. Pero, además, Fulgencio debió dar con él consultando algún libro o documento de los que guardaba en la biblioteca. El libro que, probablemente, se llevaron los tres profesores de Madrid.

Las cavilaciones a dúo con mi padre me dejaron muy pensativa. Estaba muy cansada y me dormí pronto, pero aquella noche volví a ver al fantasma, o mejor dicho, el fantasma vino a verme a mí.

Debían de ser las tres o las cuatro de la madrugada cuando desperté y sentí la sombra agitándose a mi alrededor.

Cerré los ojos. Los fantasmas se ven mucho mejor con los ojos cerrados. La sombra fue retomando forma en el interior de mi mente, hasta que distinguí con claridad sus rasgos, tal y como los había visto aquella primera noche a la luz del rayo de luna en las viejas ruinas.

Esta vez, el espíritu amigo apenas habló. Parecía desasosegado e impaciente, y tan sólo murmuró unas palabras:

—Confía en mí —dijo.

Luego, recuerdo que intenté ir hacia él. Aquel ser transplantado del pasado me inspiraba una profunda lástima y sentí deseos de tocar su mano. La sombra avanzó hacia mí unos pasos, pero entonces, como si se tratase de una luz que se apaga de repente, desapareció.

Abrí los ojos. Mi padre dormía y hasta roncaba con fuerza, ajeno a mi visión. La habitación estaba totalmente a oscuras, salvo por una pequeña luz estelar que se abría paso entre las cortinas de la ventana. Ni rastro del espíritu. Todo permanecía inmóvil, y yo no sentía ya la presencia que me había despertado hacía unos instantes.

Fue entonces cuando oí el grito. Un grito terrible, ronco y desesperado que venía de alguna de las habitaciones de los huéspedes del hostal y que taladró el pasillo. Un chillido al que siguieron otros semejantes, como una descarga de alaridos en cadena. Luego se oyó ruido de cristales rotos, un estrépito de puertas que se abrían y se cerraban, y carreras por el pasillo.

Encendí la luz y desperté a mi padre. Tuve que sacudirle por los hombros varias veces hasta que abrió los ojos con expresión de pocos amigos y miró el reloj.

—¿Has oído eso?

—¿El qué? Son las cuatro de la mañana.

Entonces se dio cuenta del jaleo, de los gritos y las carreras en el pasillo. Se despabiló rápido.

—¿Qué pasa?

—Alguien ha gritado. Un grito terrible, y luego ha habido más gritos y un ruido de cristales rotos. Es como si la gente se hubiera vuelto loca.

Se puso un albornoz encima del pijama y abrió la puerta con precaución. Yo me mantuve a su lado.

Los cofrades de la trucha y el cordero semejaban un bandada de aves asustadas, y el pasillo parecía un psiquiátrico de internos furiosos. Muchos daban golpes en la pared y otros corrían de un lado para otro.

Una mujer, tumbada en el suelo, pedía auxilio; y doña Dolores, la siempre seria esposa de Aguayo, apoyada contra la pared, parecía estar a punto de desmayarse. Mi padre se acercó a ella, que, demudada, con la cara blanca como el papel, repetía palabras incoherentes. Hubo que dejarla por imposible.

Otro de los cofrades, descalzo y con el pelo alborotado, fue algo más explícito.

—Mi mujer y yo estábamos en la habitación y vimos un espectro. Una figura horrible que entró por la ventana, aunque estaba cerrada. Hizo mucho ruido, como un viento fuerte. Por eso nos despertamos. Ha sido horroroso. Casi no puedo creer que haya pasado, pero mi mujer también lo vio. Todos lo vimos.

Intentando prestar ayuda, pronto apareció por allí Urbano. Entre mi padre y yo sujetamos a doña Dolores para tumbarla en la cama de su habitación.

La ventana tenía los cristales rotos, y al mirar por ellos fue cuando vimos a Aguayo, o lo que quedaba de él. Estaba sobre el suelo de piedra que bordeaba el edificio. Su cuerpo desmadejado, destrozado por la caída, aparecía completamente inmóvil, con los brazos y las piernas doblados en posición inverosímil y los ojos muy abiertos. Se había roto la cabeza y la sangre todavía le manaba formando un charco rojo alrededor. Me fijé en que su mano derecha se mantenía cerrada y apretada, como si guardase algo en el puño.

Mientras yo sujetaba a la tambaleante doña Dolores, mi padre salió del hostal. Desde la ventana pude ver cómo se acercaba al caído y le ponía dos dedos en el cuello para comprobar si su pulso seguía latiendo. Una mujer, más animosa que el resto de las comadres, se acercó también al cadáver y le cubrió con una sábana.

—Tu fantasma... —dijo mi padre cuando se reunió otra vez conmigo—. Esto es demencial. Hay que llamar en seguida a la policía y no tocar nada.

Dejamos a la viuda de Aguayo bajo los cuidados de Urbano, a quien encarecimos que no la dejase salir del hotel para que no viese el cadáver. Mi padre intentaba poner un poco de orden en todo aquel tiberio.

—Aguayo está muerto —informó a los asustados presentes—. Debió sufrir un arrebato y se tiró por la ventana. Hay que avisar rápido a la Guardia Civil, y también sería conveniente llamar al médico.

Alguien salió corriendo hacia la recepción para telefonear al cuartelillo de la Guardia Civil, situado a unos diez kilómetros, en un pueblo llamado Piniestra, que era el mayor de la comarca. La noticia de la muerte de Aguayo hizo subir el diapasón de los ayes y lamentos. Las mujeres arreciaron en sus lloros, y los más osados pugnaban por ver el cadáver con sus propios ojos.

Pasado un rato, y ya con los nervios algo más calmados, mi padre propuso que todos bajáramos y nos reuniéramos en el vestíbulo de la entrada, donde había sillones y estaríamos más cómodos.

Esperamos apiñados en la recepción un largo rato, con algunos de los cofrades en estado de *shock*. Alguien tuvo la buena idea de servir café, y volvieron, como si fuera una letanía, los recuerdos y comentarios sobre la extraña visión. Todos coincidían. Un viento fuerte, una sombra espantosa, cajones abiertos, objetos y muebles caídos, como si el fantasma los hubiera arrollado a su paso, y el espanto de haber sentido la proximidad de una poderosa fuerza de otra dimensión, salida del más allá.

Hacia las cinco de la mañana apareció Álvaro Mediavilla, el médico, que escuchó perplejo la historia de la aparición, confusamente contada a muchas voces, y repartió calmantes y pastillas que llevaba en su maletín profesional.

Algo después llegó el trío de guardias. Rufilanchas parecía con el ánimo muy encrespado por lo intempestivo de la hora, pero supo mantener la compostura que se esperaba de un oficial de la Guardia Civil. Como todos querían hablar de la espantosa visión al mismo tiempo, ordenó que nos calláramos y fue tomando declaración uno por uno. Pero antes reconoció el cadáver de Aguayo y luego subió con el cabo a la habitación del muerto, de donde habían sacado ya a la abatida viuda.

Pasado un buen rato, los guardias civiles bajaron al vestíbulo para tomarnos declaración. Mientras el cabo y el número tomaban notas en un bloc, el teniente nos llamó aparte a mi padre y a mí. La mirada que me dedicó tenía una severidad especial. Su rostro estaba rígido y su voz era muy tensa.

—Esto es lo más raro que he visto en mi vida —habló dirigiéndose a mi padre—, pero tengo que reconocer que coincide con lo que su hija nos dijo.

—Por supuesto —salté—. No creería que le estaba contando una trola.

—No creo nada —contestó molesto—, pero ahora hay mucha gente que dice haber visto a ese... fantasma, o lo que sea. Ese hombre que está despanzurrado ahí abajo parece haber enloquecido del susto, pero eso aún tiene que confirmarlo el forense. Además, hemos encontrado un anillo de oro que guardaba en el puño en el momento de morir. Nos costó mucho trabajo abrirle la mano para verlo.

—¿Y qué pasa con lo de Fulgencio? —intervino mi padre—. ¿Hay algún resultado de la autopsia?

—Todavía es pronto —dijo Rufilanchas—. Posiblemente sepamos algo mañana. Ahora, de momento, tenemos que esperar a que venga el juez para levantar este otro cadáver. Esto ya empieza a oler muy mal, que quieren que les diga. No tenemos muchos recursos para pillar *in fraganti* a los fantasmas.

—¿Qué va a hacer ahora?

—Ya le digo. Esperar al juez. Y ustedes tendrían que irse a dormir, que aquí ya no hacen nada.

—Todavía no hemos prestado declaración —dije.

—¿Vieron algo?

Cuando le contestamos que nada, se rascó la coronilla. Un síntoma de que su caletre había captado algo anormal.

—Es curioso —comentó, como hablando consigo mismo.

—¿El qué? —dijo mi padre.

—Pues que ustedes han sido los únicos que no han visto esta noche al fantasma, y eso que su hija parecía haber hecho buenas migas con él. ¿Seguro que ella no ha visto nada?

Mi padre y Rufilanchas me escrutaron con la mirada, pero yo había decidido no decir nada sobre mi última y particular experiencia con el espectro. Negué con la cabeza.

—Si lo hubiera visto se lo diría. De todas maneras, el ser que yo vi no tiene nada que ver con el que se ha aparecido a esta gente. A mí no me asustó.

Nadie, excepto mi padre y yo, fue capaz de regresar a sus habitaciones esa noche. Incluso bien entrada la mañana, cuando ya el médico y el juez habían cumplido con su cometido y certificado la defunción, con el consiguiente levantamiento del cadáver, el miedo continuaba sacudiendo los ánimos de todos cuantos habían experimentado la horrenda visión. Sentados en los sillones o tumbados sobre los sofás parecían un rebaño temeroso, un grupo de náufragos amedrentados por la fuerza de la tempestad. ¡Qué lejos de aquel animoso enjambre de tragones cuyas risas alborotaban el entorno!

Cuando mi padre y yo estuvimos solos, se lo enseñé orgullosa. Tenía algo que se le había escapado a Rufilanchas y que nos acercaba a la resolución del enigma, pero mi progenitor, en esos momentos, no estaba para muchos acertijos.

—¿Qué es esto?

—Pues ya lo ves. Un libro.

Me lo arrebató de las manos y hojeó el ejemplar. El libro, delgado, de tamaño folio, encuadernado en pergamino, parecía muy viejo. Sobre la portada había un título que rezaba: *Memoria de los sucesos que acaescieron en la regia villa de Robregordo durante la Guerra de la Independencia librada por los españoles contra los ejércitos napoleónicos.*

—¿De dónde lo has sacado? Lleva el sello de la biblioteca del monasterio.

—Lo encontré. Ni te imaginas dónde.

Mi padre estaba ojeroso por haber trasnochado y por las emociones, y su caletre funcionaba al mínimo de revoluciones. Parecía ansioso por volver a visitar las sábanas.

—En la biblioteca.

—Frío. Lo cogí de la habitación de Aguayo, aprovechando todo el barullo alrededor del cadáver.

—¿En la habitación?

—Sí. Lo tenía guardado en la mesilla de noche. Registré un poco y allí estaba.

—Hija, te la estás jugando. Este libro podría haber sido robado.

—Exacto. Robado de la biblioteca. Y lo tenía Aguayo.

A mi padre se le cayeron por fin las telarañas cerebrales. La verdad es que no había que ser Miss Marple para encajar el dato.

—Así que fue él quien le robó el libro a Fulgencio.

—No olvides que también tenía el anillo. Seguramente, el espectro —apunté— decidió hacerse visible y dar un buen susto al ladrón para vengar la muerte del bibliotecario. Aguayo no pudo resistirlo y le dio el telele. Luego, el fantasma se dedicó a hacer de las suyas. Estaría furioso o quizás sólo quería divertirse.

Mi pobre padre empezó a hacer guiños extraños que evidenciaban su alteración interior. Los nervios le tenían acelerado. Yo creo que a esas alturas empezaba a pensar que todo lo que estaba pasando era irreal, que quizás estaba ocurriendo en otro mundo o era el poso subliminal que le había quedado de una velada con el conde Drácula.

—Pero, hija, todo eso no son más que suposiciones. No tenemos ni una sola prueba definitiva. Sólo especulaciones, hipótesis circunstanciales.

—No sé lo que quiere decir eso de circunstanciales —contesté molesta.

—Quiere decir que son cosas posibles, pero no demostradas. Por ejemplo, puedes tener una pistola en el momento en que se comete un crimen, pero eso no quiere decir que tú hayas sido el asesino. ¿Me sigues?

—Todo eso está muy bien, pero sabes igual que yo que si es de barro y con asas, y tiene agua dentro, eso se llama botijo. Tú mismo me comentase que Aguayo era un tipo poco recomendable en cuestiones de dinero. No tiene nada de extraño que intentase averiguar algo sobre el tesoro. ¿Y quién podía tener alguna información sobre eso? Fulgencio. ¿Y dónde era probable que estuviera esa documentación? En la biblioteca. Aguayo debió intentar engatusar a Fulgencio. Seguramente incluso le ofreció dinero. Fulgencio le enseñaría el libro y Aguayo se lo robó en cuanto tuvo ocasión, insinuando de paso que eran los profesores los autores de la fechoría.

Mi padre parecía convencido, pero no le hacía muy feliz darme la razón. A ningún adulto le gusta que los niños sepan más que él. La soberbia de los mayores en estos casos es irremediable y definitiva, y no tiene límites.

—Bueno —admitió con resignada lógica—, para que lo que dices tenga algún fundamento, lo primero será saber qué es lo que dice el libro de marras. Si menciona algo relacionado con el tesoro, habrá que dárselo a la policía.

—Pues hay que leerse el libro.

—¿Ahora?

—No es muy gordo. Son sólo setenta y dos páginas de letras grandes.

—Baja a la cafetería y tráeme un café.

—Eso está hecho.

Le di un beso zalamero y corrí a por el café, mientras mi progenitor se duchaba y se lanzaba a la lectura del mamotreto. Cuando regresé a la habitación, ya estaba enfrascado en la tarea. Como no quise molestarle, la que se metió en la cama para echar una cabezada fui yo.

Dos horas después, me despertó. Parecía despejado y en plena forma, con cara de periodista satisfecho.

—Reconócelo, hija. Soy un hacha.

—Eres un tío grande —le pelotilleé.

—Tenías razón. El libro es una crónica manuscrita de hace unos ciento cincuenta años. Trata de los combates que por aquí libraron los guerrilleros y menciona el tesoro. El cronista asegura que no salió de la cueva y que allí está enterrado, en alguna parte.

»Hay algo más —añadió—. En el libro también se menciona un anillo de oro de gran valor, incluido en el tesoro, que perteneció al obispo de Cuenca y que los franceses robaron. En la crónica se dice que los guerrilleros se lo quitaron a un coronel francés, después de capturarle en una emboscada.

Todo parecía encajar y era una sensación magnífica ir desvelando la verdad poco a poco. La misma —salvando las distancias— que debía sentir el científico descubridor de alguna teoría, el explorador que avista nuevas tierras desconocidas o el detective que resuelve un caso difícil.

—Fulgencio —prosiguió mi padre— vivía con el secreto de haber encontrado un tesoro, pero era un monje y no sabría muy bien qué hacer con él, aunque algunas ideas no le faltarían. Podía haberlo utilizado en su provecho o bien donarlo al convento.

—Y mientras lo pensaba, se quedó con el anillo.

—Sólo con el anillo. Hasta que esos profesores de Madrid tuvieron la mala fortuna de venir a indagar sobre la historia y coincidieron con Aguayo, que terminó averiguando la existencia de la crónica. Seguramente cuando realizó el robo se encontró con el monje. Éste trató de impedirlo y lo mató.

—Y al asesino no le dio tiempo a registrar la cueva.

—Casi seguro.

Ya lanzada, sin sentir el cansancio ni el sueño, le propuse a mi padre explorar la gruta, siguiendo las indicaciones del libro, para comprobar nuestras suposiciones.

—Ahora mismo —insistí.

—Ni hablar. Hay que hablar con Rufilanchas y entregarle el libro. Que la cueva la registre la Guardia Civil.

—Podemos quedarnos sin tesoro —le dije, en un conato de avaricia que le sorprendió. Mi padre era demasiado honrado para los tiempos que corrían.

—No pensarías que íbamos a quedarnos con el tesoro. Sería como robarlo.

—¡Ja! ¿A quién?

—Debe pertenecer al dueño de la tierra donde está la cueva.

—¿Y te parece bien que ese individuo, seguramente un ricacho del pueblo, se lleve una fortuna sin comerlo ni beberlo?

—Estamos suponiendo demasiado. A lo mejor, el famoso tesoro no es sino quincalla, y el resto lo pone nuestra imaginación. Además, si nos quedáramos con él y se descubriera, yo sería sospechoso de haber matado a Fulgencio. Por otra parte —razonó mi padre—, es muy posible que esa tierra donde está la cueva sea comunal y pertenezca al pueblo. El tesoro, entonces, volvería a los vecinos, que sería lo más justo.

Al final, me convenció. Quedarnos con un tesoro así hubiera sido cargar con un secreto inconfesable toda la vida. Habríamos terminado sintiéndonos unos delincuentes, desconfiando de todo. Hoy también veo claro que un tesoro con objetos de valor antiguos no puede venderse como se vende un coche. Tiene que ser tasado y hay que utilizar intermediarios, anticuarios y expertos que autentifiquen y valoren las piezas. No hubiéramos podido vender nada sin explicar la procedencia.

—De manera que le vamos a entregar a ese teniente el caso resuelto y, además, un tesoro. Así da gusto ser policía.

—No hay otra solución.

Quedaba un punto por resolver. ¿Cómo podríamos justificar que teníamos el libro? Un libro valioso que procedía de la biblioteca del monasterio. A Rufilanchas no le iba a gustar nada saber que lo habíamos cogido por nuestra cuenta de la habitación del muerto.

—Diremos que nos lo encontramos en el pasillo cuando empezó el barullo anoche.

—No se lo va a creer.

—Que nos lo dio el fantasma.

—¡Venga ya, hija! No delires.

—Que nos lo había dejado el bibliotecario.

—Absurdo. ¿A cuento de qué? Además, le escamará que no se lo hayamos dicho antes, cuando encontraron muerto a Fulgencio.

Lo lógica de mi progenitor se impuso definitivamente cuando observó que para demostrar nuestras sospechas teníamos que vincular el libro con Aguayo. Eso sólo podía explicarse si decíamos la verdad, toda la verdad y nada más que la verdad.

—Bueno —concedí—, pero con una pequeña mentirijilla. Le diré que el libro estaba a los pies de la cama y que me llamó la atención porque tropecé con él. Si le decimos que estuve rebuscando en la mesilla de noche, quedaré como una fisgona.

—Mira, diré simplemente que te lo encontraste al entrar en la habitación. Que me lo diste en seguida y que a mí se me olvidó dárselo, y luego lo leí por curiosidad, para saber de qué se trataba.

—Está bien —acepté—. Lo haremos a tu manera.

Hacia el mediodía, el teniente apareció de nuevo. Esta vez venía solo. Sin sus dos inseparables acompañantes. Mi padre se lo explicó todo y le entregó el libro.

—Son ustedes una caja de sorpresas —dijo el teniente—. Suponiendo que sea verdad lo que dicen, caso resuelto. Pero hemos de comprobar algunas cosas. Por ejemplo, vamos a ver si el tesoro aparece en la cueva, según lo indicado en el libro. La registraremos de arriba abajo.

—¿Cuándo piensa hacerlo?

—Hoy mismo. Me urge ya resolver esto porque ahora estamos seguros de una cosa. Ya tengo el informe de la autopsia de Fulgencio. Esta vez, los de la capital han sido muy rápidos.

Rufilanchas saboreó la revelación, mientras permanecíamos expectantes, sin quitarle ojo.

—El monje fue asesinado. El golpe que tenía en la sien no fue causado al caer. Se lo hicieron con algo duro, contundente, quizás una piedra o un objeto mineral. Hay rastros microscópicos en esa parte de la cabeza, pero por el momento no hemos encontrado la piedra, a pesar de que hemos rastreado en el monasterio y los alrededores. Si el asesino tiró el «arma del crimen» en el campo, lo más probable es que no la hallemos nunca. Encontrar una piedra en el campo es más difícil que encontrar la famosa aguja en el pajar.

—¿Lo ve? Eso corrobora nuestra suposición —apuntó mi padre—. El monje debió de sorprender a Aguayo cuando éste robaba el libro y le amenazó con denunciarle a la policía. Discutieron y Aguayo lo mató y le quitó el anillo. La mueca de terror del monje no se la produjo ningún fantasma, sino alguien de carne y hueso que le golpeó cuando menos se lo esperaba.

—Es posible —admitió el teniente—, pero como han muerto los dos, será muy difícil reconstruir todos los detalles del crimen. Pero ahora vayamos a lo práctico. A ver qué dice ese libro sobre el tesoro.

Releímos el libro entre los tres, aunque Rufilanchas intentó dejarme al margen y no hizo el menor caso de mis escasas observaciones. Comprendí que lo de la afinidad con el fantasma le tenía muy desconcertado. ¿Cómo se lo iba a explicar a sus superiores? ¿Qué iba a poner en el informe final de los hechos? Con un poco de mala suerte le destinarían al Peñón de Vélez de la Gomera.

—Aquí está —dijo mi progenitor—. El libro dice que lo enterraron en el fondo de la cueva, oculto por una gran piedra.

—Bueno, habrá que traer picos y palas y algunas luces. Ustedes, por supuesto, no vendrán.

Inmediatamente elevamos nuestra protesta. Rufilanchas actuaba como un provocador, seguramente por regodeo. Le habíamos dado el caso resuelto y quería dejarnos fuera. Mi padre casi se congestiona invocando lo del sagrado derecho del periodista a informar, en términos altisonantes.

No me extraña que el pobre acabara sus días con la tensión por las nubes.

Ocho

LLEGAMOS con el teniente a la cueva a eso de las cuatro de la tarde, y allí esperaba ya el equipo de la Guardia Civil: el cabo y el número, más dos operarios con mono de faena equipados de picos, palas, cuerdas, lámparas y otros artilugios.

La novedad era que junto a ellos se había congregado —ante la sorpresa de los guardias— una pequeña multitud de gente del pueblo encabezada por su alcalde. El olor del tesoro se había extendido con bastante rapidez, y Rufilanchas maldijo por lo bajo.

—¿Y a éstos quién les habrá dado vela en este entierro? Hasta ha venido el alcalde. ¿Qué pintará aquí ese hombre?

—Hombre —contemporizó mi padre—, a fin de cuentas es su pueblo, y si apareciera algo de valor debería tocarles una parte.

—Pero, ¿de quién es la cueva? —intervine.

Rufilanchas se ladeó la gorra y se rascó la cabeza. Un gesto característico cuando hacía funcionar sus células grises.

—Parece que esta tierra perteneció al monasterio, pero cambió de manos durante la Desamortización, hace muchos años, y ahora es del pueblo. No es extraño que estén tan inquietos por si aparece algo.

El alcalde, con gesto adusto, se adelantó a hablar con el teniente y, aunque no entendí lo que se dijeron, éste no le hizo mucho caso. La primera autoridad municipal se retiró cabizbaja a comentar con sus convecinos lo que le había dicho Rufilanchas.

—¿Estamos listos? —preguntó el teniente en la boca de la cueva a su pequeña tropa—. ¡Demetrio! —ordenó al número—, que no se acerque nadie mucho.

—A la orden.

Entramos en fila india en la cueva. Primero los operarios, que cargaban con los picos, palas y las lámparas, luego el teniente y el cabo, y mi padre y yo cerrando la hilera. El lugar, aunque angosto, tenía suficiente visibilidad por la luz que se filtraba desde algunas fisuras del techo, que era bastante alto. La cueva ascendía en pendiente hasta una pared de roca lisa que marcaba el fondo. Rufilanchas señaló una piedra oscura muy voluminosa.

—Éste debe ser el sitio —observó—. Caven alrededor.

En seguida, los operarios empezaron con la faena. El que crea que para manejar el pico y la pala no se necesita habilidad tendría que haberlos visto trabajar. Manejaban las herramientas con facilidad, y sus golpes poderosos abrían la tierra con destreza. Transcurrió una hora con el resultado de varios hoyos con sus respectivos montones de tierra alrededor. El teniente empezó a dar señales de nerviosismo.

—¿Por qué no cavamos debajo de la piedra grande? —sugirió mi padre.

—Primero tendríamos que remover la piedra —dijo uno de los operarios— y es demasiado pesada. Necesitaríamos alguna máquina.

—No hace falta. Bastaría con ahondar justo debajo, en la base —insistió mi padre.

Los trabajadores consultaron con la vista al teniente, quien se mostró conforme con variar el lugar de la excavación. Aunque advirtió:

—Lo intentaremos hasta que se vaya la luz y, si no encontramos nada, lo dejamos para otro día.

Los que cavaban dieron su conformidad y se lanzaron con renovados bríos a horadar el suelo. Pro-

cedieron con método, sacando la tierra a lo largo de todo el reborde de la roca, con un ritmo que iba decreciendo por el cansancio. Así pasó un buen rato, y ya las sombras de la incipiente noche empezaban a adueñarse de la gruta cuando se oyó un sonido especial, el ruido de una pala al golpear contra algo metálico. Nos precipitamos hacia el sitio exacto y... allí estaba: la tapa de lo que parecía un cofre o caja de metal emergiendo de la tierra, como un náufrago inmóvil de épocas lejanas que intentara salir a flote y ver la luz.

Cuando los obreros terminaron de desenterrar toda la caja, que mediría unos tres palmos de alto por otros tantos de ancho, llegó el momento solemne de abrirla. Tenía un candado, pero estaba suelto. Algo que no me sorprendió, porque Fulgencio debió de romperlo cuando abrió el cofre por su cuenta, aunque para mí sigue siendo hoy un misterio cómo se las arregló él solo para excavar tanto.

Como por ensalmo, todos guardábamos silencio. Sólo se oían las respiraciones jadeantes de los operarios, que aquella tarde, sin duda, se habían ganado bien el jornal.

Lo que vimos al levantar la tapa me pareció una maravilla. La caja estaba llena a rebosar de monedas antiguas de oro y plata, crucifijos que debían tener un gran valor artístico, collares de piedras valiosas, fíbulas, broches, gargantillas, pulseras, sortijas y, en fin, todo un muestrario de joyería medieval digno de figurar en un gran museo.

Mi padre me abrazó para felicitarme y felicitarse por el hallazgo. El teniente le estrechó la mano y a mí me dio una tímida palmadita en el hombro. Tengo la impresión de que, a esas alturas, Rufilanchas me consideraba un poco bruja y mi presencia le ponía nervioso. No era para menos. Todavía no había digerido, ni seguramente lo hizo nunca, la historia del fantasma. Mi fantasma.

La salida de la cueva, con mi padre y el teniente cargando el cofre, provocó griterío y júbilo entre la multitud que nos esperaba. Todos se abalanzaron intentando ver lo que contenía el cofre, y a duras penas —entre protestas, polvo y exclamaciones— conseguimos llegar hasta el vehículo todoterreno de la Guardia Civil. El alcalde, sudoroso, se acercó a Rufilanchas.

—Como máxima autoridad del pueblo, tengo

derecho a saber qué es lo que han encontrado en nuestras tierras.

—Eso pertenece por ahora al secreto del sumario por un posible delito que todavía está sin resolver —voceó alterado el teniente—. Cualquier reclamación que deba hacer, cúrsela por la vía reglamentaria.

Aquello de la vía de los reglamentos desconcertó al alcalde. Pero los vecinos ya habían empezado la reclamación por su cuenta. Se oyeron voces de «¡Queremos el tesoro, queremos el tesoro!», cada vez más furiosas, exaltadas por la espera y la evidencia del hallazgo del botín oculto desde hacía tanto tiempo.

Ya estábamos en el todoterreno cuando empezaron a llover piedras, y una de ellas se estampó en la cabeza del cabo. Los demás, protegiéndonos como pudimos, aguantamos el chaparrón de pedradas hasta que el vehículo, por fortuna, arrancó velozmente.

Al cabo la piedra le había dado en plena frente, y la abundante sangre le manchaba la guerrera.

—Menos mal que no me dio tiempo a sacar la pistola, mi teniente. Si no, a lo mejor disparo y me busco la ruina —se consoló el guardia civil, mientras intentaba taponarse la brecha con un pañuelo que por momentos se teñía de rojo.

NUEVE

LAS noticias avanzaron como un huracán, sin que nadie pudiera asegurar quién las había impulsado. En pocas horas, toda España conocía ya el suceso, que había saltado a las radios, las agencias de prensa, los periódicos y la televisión.

Estábamos en el año 2000, a escasos meses de iniciar un nuevo milenio, y el sensacionalismo sobre el fin del mundo inundaba los medios de comunicación. El término del milenio se había convertido en una sarta de memeces generalizadas. Mucha gente se compró telescopios para observar el cielo y detectar señales de vida inteligente, cuando hubieran sido incapaces de distinguir la luna de una alcachofa. Cualquier banalidad alarmista recibía grandes titulares en periódicos y revistas, y rellenaba grandes espacios en las radios y televisiones. La venta de publicaciones con títulos tales como *Oscuros lugares*, *El más allá presente* o *Investigador extraterrestre* se disparó para fortuna de algunos, que hicieron con ellas su agosto.

En esta atmósfera de histeria colectiva, la noticia de la aparición del fantasma y el tesoro de Valderrobre era un manjar capaz de alimentar las fantasías más extravagantes. Toda la prensa se hizo eco del asunto. En pocos días, el fantasma del monasterio se convirtió en un ángel vengador, enviado desde el cielo para castigo de los malos en el fin del milenio. Algunos creían que la aparición de aquel espíritu justiciero era el aviso de que se avecinaba algo muy gordo en el mundo.

Intentaré ordenar un poco los recuerdos de aquella cascada de acontecimientos.

La noche que encontramos el tesoro, después de que los guardias civiles partieran con el cofre, había muy poca gente en el hostal.

El recepcionista nos informó de que casi todos los de la cofradía se habían marchado, y los pocos que quedaban lo harían en breve. Por nada del mundo pasarían una noche más en aquel sitio. Dos de las mujeres habían tenido que ser hospitalizadas en estado de *shock*, y el presidente de la cofradía había sufrido un amago de infarto y estaba internado en una clínica. Los periodistas, en especial los de las radios, habían estado llamando desde hacía horas.

—¿Pero cómo se han enterado los periodistas tan rápido de lo que ha pasado? —dijo mi padre bastante fastidiado.

El recepcionista, habitualmente tan hablador, guardó silencio. Tengo para mí que fue él quien les avisó, iniciando así la avalancha de todo aquel inmenso disparate. Aunque yo no fuera, precisamente, la más indicada para pregonar cordura a los demás, con la historia del fantasma a cuestas.

Finalmente, Urbano no pudo más y planteó la pregunta inevitable.

—Oiga. ¿Qué es eso que han encontrado ustedes? Dicen que se trata de un tesoro de valor incalculable.

Mi padre se hizo el desentendido.

—Menos lobos —contesté yo.

Mediavilla, el médico, vino a nuestro encuentro. Había estado toda la tarde prestando asistencia a los atemorizados clientes del hostal.

—Esto es tremendo —dijo—. Debe de tratarse de una alucinación colectiva, y no hay muchos remedios médicos para eso.

—Entonces, ¿usted no cree en esa aparición? —dijo mi padre.

—¡Hombre, Roberto! ¿Cómo voy a creer en fantasmas a estas alturas? No me diga que usted también...

—Pero todos coinciden en haber visto eso, lo que sea.

—¡Bah! Será algo que ha provocado una alteración mental colectiva, una alucinación general. Puede que hayan sido los alimentos. ¿Cenaron ustedes anoche setas? ¿Bebieron algún licor extraño?

Mi padre denegó con la cabeza.

—No hubo nada anormal en la cena. ¿Usted es cristiano creyente?

—¿Y eso a cuento de qué viene? —se envaró Mediavilla.

—Pues la Biblia está repleta de apariciones, sueños, señales, visiones y situaciones que hoy llamaríamos alucinatorias.

—No saque los pies del tiesto —porfió el médico—, ni mezclemos la Biblia con situaciones que rozan la superchería.

—Entonces, si le dijera que mi hija Carmela ha visto también a ese fantasma, ¿lo creería?

—¿Eso le ha dicho?

—Sí.

—Pues aunque ella esté delante, le diría que no. Que no la creo. Pero, hombre de Dios, ¿cómo voy a creer en los fantasmas?

A la hora de cenar, el hostal estaba ya prácticamente vacío, y el ambiente era lúgubre. Cuando nos disponíamos a subir a la habitación, el recepcionista intentó pasarnos una llamada.

—Son los de Radio Jota. Quieren entrevistar a alguien.

—Pero, ¿a quién?

—Les da igual. A cualquiera que quiera decirles algo, con tal de que sea desde aquí.

—Pues hábleles usted mismo.

—Ya lo he hecho —confesó orgulloso—. Me han entrevistado durante más de media hora en directo para toda España. Mi mujer no se lo va a creer.

—Pues diga que no hay nadie en este momento. Yo, desde luego, no me pongo.

—Podría ponerse la niña.

—Oiga —replicó mi padre irritado—, es menor de edad y no quiero que la utilicen. El que quiera diversión que se vaya al circo. ¿Está claro?

Más tarde, en la habitación, mientras repasábamos los acontecimientos del día, mi padre descolgó el teléfono para que sus colegas no nos dieran la tabarra.

Varias horas después, otro grito me despertó. Vi en tensión a mi progenitor, que había permanecido escribiendo durante la noche, y oímos ruido en el pasillo. Nos asomamos. El recepcionista estaba trémulo y sudoroso, y se retorcía las manos. Parecía presa del pánico, mientras los escasos huéspedes contemplaban, más perplejos que asustados, la escena.

Mi padre se acercó a Urbano para intentar calmarle.

—¿Qué le ha pasado, hombre?

—Una pesadilla, señor Monleón. Se me apareció el monstruo, ese fantasma. Pude verle la cara como le estoy viendo a usted ahora.

—Oiga, en confianza. No habrá usted bebido —le dijo mi padre bajando la voz y haciendo un ligero gesto con el brazo alusivo a empinar el codo.

—Ni una gota. Estoy de servicio.

—Pues tranquilícese y cuéntemelo. Luego llamaremos a la Guardia Civil.

El recepcionista se explayó. Oyó unos golpes en la pared de su habitación, que estaba en el piso de abajo, pegada a la recepción, y se despertó sintiendo que alguien invisible le acechaba en la oscuridad. Intentó encender la lámpara de la mesilla de noche, pero una fuerza extraña, como un manotazo, la derribó. Se incorporó y entonces sintió un golpe en el pecho que le tiró al suelo. Después vio una especie de sombra gris que poco a poco iba adquiriendo forma y densidad, hasta configurar un bulto fantasmal.

Aquella cosa se fue acercando y el terror hizo chillar a Urbano desesperadamente. La forma, como si fuera una niebla, se filtró por la ventana cerrada y desapareció.

Mi padre y otro de los huéspedes acompañaron al recepcionista a la planta baja y telefonearon al cuartelillo de la Guardia Civil. Ya se acercaba el amanecer y estábamos todos reunidos en la recepción cuando aparecieron el teniente y el número. El cabo había sido dado de baja por la pedrada.

—No me digan nada —espetó Rufilanchas a modo de saludo, contemplando al recepcionista, que estaba tumbado en uno de los sofás del vestíbulo hecho un saco de nervios—. Otro numerito del fantasma.

—Este hombre se encuentra en un estado calamitoso —advirtió mi padre—. Habría que llamar inmediatamente al médico.

—Pues que lo llamen, no sea que también se nos muera y tengamos más líos —dijo el teniente, indicando con un gesto al otro guardia que telefonease a Mediavilla—. Por cierto —se dirigió a mi padre—, hemos encontrado el objeto con el que Aguayo mató al bibliotecario. Un pisapapeles de

piedra. Tenía rastros de sangre y estaba entre unos arbustos, en el patio del claustro.

—Debe de ser el pisapapeles que Fulgencio tenía en su mesa de trabajo en la biblioteca. Ahora que recuerdo, no estaba allí después de su muerte.

—Pues un misterio menos.

Urbano, convertido en una ruina humana, no estaba en condiciones de hablar. Mi padre le contó al teniente todo lo que le había dicho el recepcionista antes de quedarse catatónico.

—Este caso tiene yuyo —se lamentó Rufilanchas— y se lo deberían haber dado a un brujo. Si escribo un informe más sobre apariciones de fantasmas me mandan al psiquiatra.

—El fantasma está furioso por algo. Por eso aparece. El asesinato del bibliotecario puede haberle desquiciado.

—¿Cómo lo sabes? —preguntó el teniente, mirándome como si yo fuera la niña de la película *El exorcista*.

—Lo sé. El fantasma no ha querido matar, pero es un ser de otro mundo que inspira miedo. Le pasa lo que al monstruo de Frankenstein. Mataba a la gente sin querer.

Rufilanchas se rascó la cabeza y se dirigió a mi padre.

—Oiga, ¿su hija también ha visto a Frankenstein? Supongo que será sólo en el cine.

Desde lejos, como un hilo mágico entre dos luces, nos llegaron entonces las voces de los monjes entonando sus maitines en la capilla. Ellos seguían con su monótona y regular vida, ajenos al mundo y sus pompas, y al fantasma que tenían por vecino desde hacía siglos. Un fantasma perdido, desorientado, deseoso de volver con los suyos al espacio estelar. Un ser indescifrable, que ya estaba harto de habitar una tierra y una época que no eran las suyas.

Ya amanecido, se presentó el médico, que tras los saludos de rigor examinó al recepcionista. Mediavilla no hizo mucho caso de lo que le contamos sobre la fantasmal aparición.

—Este hombre se halla en estado de *shock* profundo. Le voy a administrar un calmante —dictaminó mientras preparaba una gran jeringuilla, más propia de elefantes que de personas, según me pareció. La dosis hizo pronto su efecto y el recepcionista quedó dormido y para el arrastre.

Rufilanchas se rascó la cabeza y repitió al médico la historia que le había contado mi padre. Parecía un poco avergonzado, y el galeno no le dejó terminar.

—Teniente, usted es un representante de la ley, un hombre con los pies en el suelo. Debería saber mejor que yo que los fantasmas no existen, no han existido ni existirán.

—Oiga —contestó Rufilanchas, molesto por la reprimenda—, no tengo por qué saber si los fantasmas existen o no. Me limito a indagar y tomar declaraciones a los testigos. Lo que hay es lo que hay. Si se lo cree, bien, y si no, me da igual.

—Le supongo a usted enterado —dijo Mediavilla al teniente, mientras recogía sus bártulos médicos— de que este lugar se va a convertir pronto en el paraíso de los locos. Corre ya por ahí la voz de que aquí ha aparecido un ángel que ha revelado al pueblo el sitio donde se ocultaba un gran tesoro, y pronto vendrán periodistas, iluminados de todas las sectas, majaretas y fanáticos de todas las tendencias. No sabe la que nos espera.

El médico se marchó sin despedirse. Tan ofuscado como un maestro al que sus alumnos le hubiesen llevado la contraria. Pero tenía razón en una cosa. A eso de las ocho y media, cuando ya se habían llevado en ambulancia al recepcionista, aparecieron los primeros reporteros, fotógrafos, cámaras de televisión y redactores bolígrafo en ristre. Todos pisando fuerte y dando voces, pidiendo habitaciones y preguntando por el fantasma a cualquier persona que encontraban en su camino, incluidas las mujeres de la limpieza. Fueron llegando muchos más en sucesivas oleadas, como los marcianos de *La guerra de los mundos* o las hormigas de la marabunta amazónica. Cuando se enteraron de que el fantasma se había aparecido aquella noche al recepcionista y que se lo acababan de llevar al hospital, algunos salieron disparados en su busca y otros se quedaron montando guardia en el hostal, a la espera de grandes acontecimientos que concordaran con los catastrofistas presagios del fin del milenio.

Yo, entretanto, salí a dar una vuelta por los alrededores del torreón, sin esperanza alguna de volver a ver a mi fantasma o a su perro, pero sintiendo que él estaba ya lejos, quizá en otro mundo, su mundo, tan diferente al nuestro.

Y así acabó todo. Poco a poco la prensa fue agotando el suceso, hasta que la gente lo olvidó casi por completo. En cuanto a mí, tengo ahora noventa años, y a estas alturas es posible que algunas cosas que he contado no hayan sido como las recuerdo. La soledad y los muchos años confunden los límites de la memoria y nos hacen soñar. Quizá todo esto que me he contado a mí misma con palabras no sea sino un sueño profundo y fantástico, de esos que nos devuelven nuestra perdida infancia. Y en ese sueño yo sería Carmela, la hija de Roberto Monleón, el periodista que murió hace mucho tiempo y dejó una niña apenada, que ha vivido desde entonces con la añoranza de aquellos extraños sucesos ocurridos en el monasterio de Valderrobre, donde pasé aquella Semana Santa del último año del siglo XX.

INDICE

OTROS TÍTULOS PUBLICADOS
Serie: a partir de 10 años

4. *Montes, pájaros y amigos*. Montserrat del Amo.
6. *El largo verano de Eugenia Mestre*. Pilar Molina Llorente.
7. *El Mago de Esmirna*. Joan Manuel Gisbert.
8. *Mi tío Teo*. Pilar Mateos.
9. *El árbol de los pájaros sin vuelo*. Concha López Narváez.
10. *El soñador*. Joles Sennell.
12. *La leyenda de Boni Martín*. José Luis Olaizola.
13. *Nadie habrá estado allí*. Ángela C. Ionescu.
15. *Adiós, Josefina*. José María Sánchez-Silva.
19. *Mi hermana Gabriela*. José Luis Olaizola.
20. *El secreto de Gabriela*. José Luis Olaizola.
22. *Romaníes*. Marta Osorio.
23. *Luna en la frente*. Joaquín Aguirre Bellver.
24. *La Cuesta de los Galgos*. Juan Farias.
26. *Lope y su amigo indio*. Juan Ignacio Herrera.
30. *Mi amigo Fernández*. Fernando Lalana, José María Almárcegui.
33. *La pareja indomable*. Jesús Ballaz.
37. *El gigante que perdió una bota*. Carlos Murciano.
38. *Jim*. Manuel L. Alonso.
39. *El día que hizo mucho viento*. Jorge Bogaerts.
43. *El Gran Dragón*. Jordi Sierra i Fabra.

44. *Bilembambudín o el último mago*. Elsa Bornemann.
45. *Pan Gu*. Fernando Almena.
51. *La isla de las montañas azules*. Manuel L. Alonso.
58. *Silverio el Grande*. Pilar Mateos.
59. *Encuéntrame un tesoro*. Joles Sennell.
66. *Prohibido llover los sábados*. Maite Carranza.
67. *Cuentos roídos*. Carles Cano.
68. *14 de febrero, San Valentín*. Ricardo Alcántara.
72. *Los monstruos de la niebla*. Fernando Martínez Laínez.
73. *Navidad. El regreso de Eugenia Mestre*. Pilar Molina Llorente.
76. *El vampiro del torreón*. Josep Lorman.
78. *Los viajes de Pericot*. Carles Cano.
79. *Sin miedo a los brujos*. Pilar Mateos.
82. *La guerra de los minúsculos*. Andreu Martín.
87. *Un genio en la tele*. Jordi Sierra i Fabra.
94. *Dilaf el sabio*. César Vidal.
96. *La increíble historia de Fulvio Malagana y su perro Barbas*. Jaume Escala.
98. *Un problema de narices*. Jaume Ribera.
105. *Alba, Blanca y el alot*. Carlos Murciano.
111. *Dilaf y la princesa*. César Vidal.
122. *La música de las tinieblas*. Norma Sturniolo.
125. *Albatros*. Manuel Alfonseca.